「冬の時代」の光芒

夭折の社会主義歌人・田島梅子

碓田のぼる

田島梅子

Usuda Noboru

光陽出版社

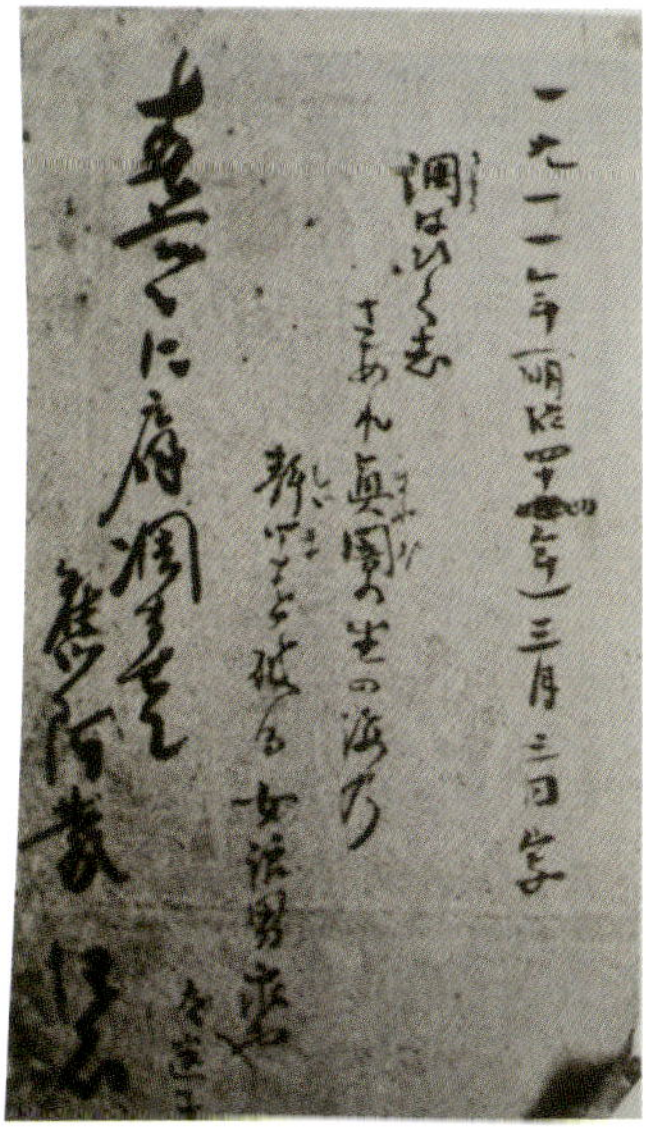

右の写真の裏に記された梅子の歌と岡野の俳句（本文155頁参照）

売文社正式入社記念、田島梅子と夫岡野辰之介（明治44年３月３日）

「大逆事件」死刑囚大石誠之助の形見の衣服をまとう、前列左より堺利彦、斎藤兼二郎、岡野辰之介。後列左より小原慎三、高畠素之（明治45年夏、岡野の持つ洋傘は幸徳秋水遺愛のもの）

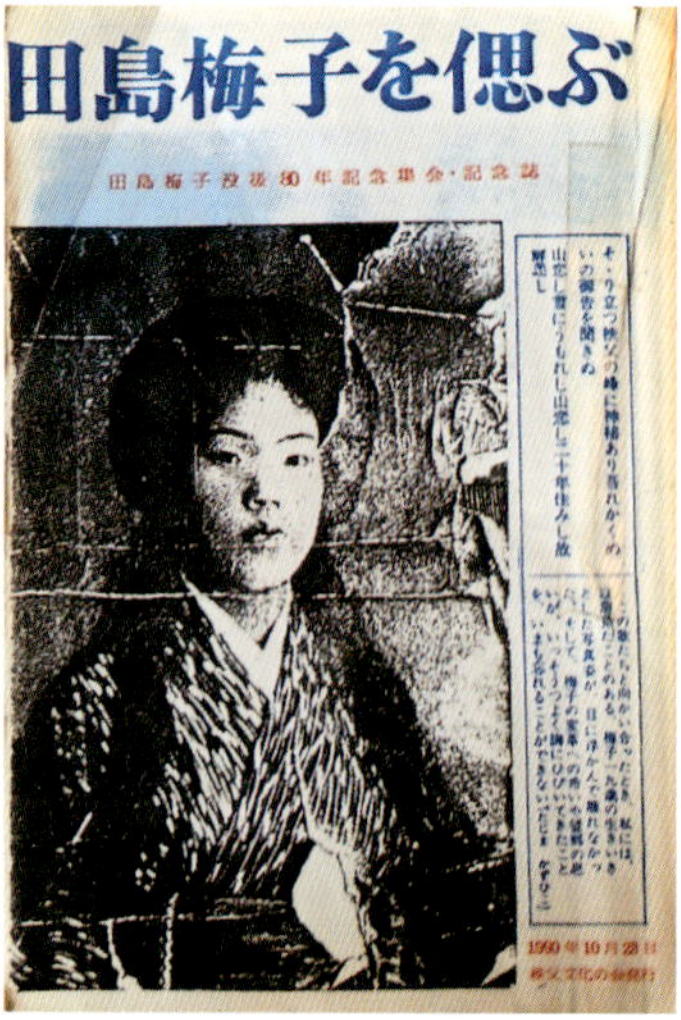

没後80年記念誌（1990年10月28日、秩父文化の会刊）

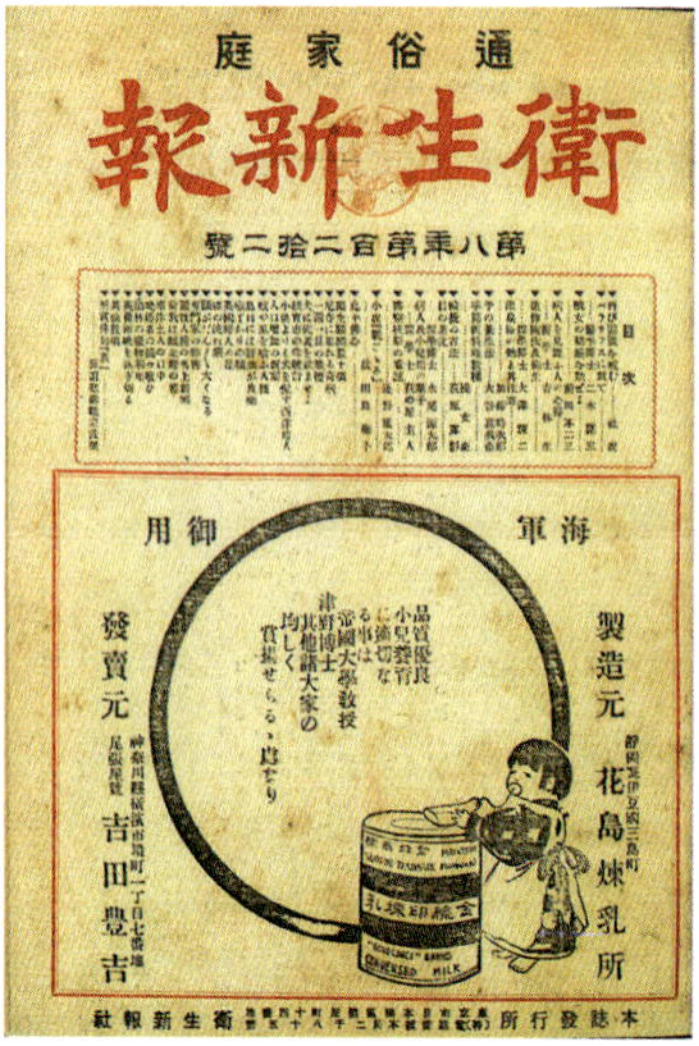

絶筆「親ごゝろ」掲載の『衛生新報』（明治44年10月号）

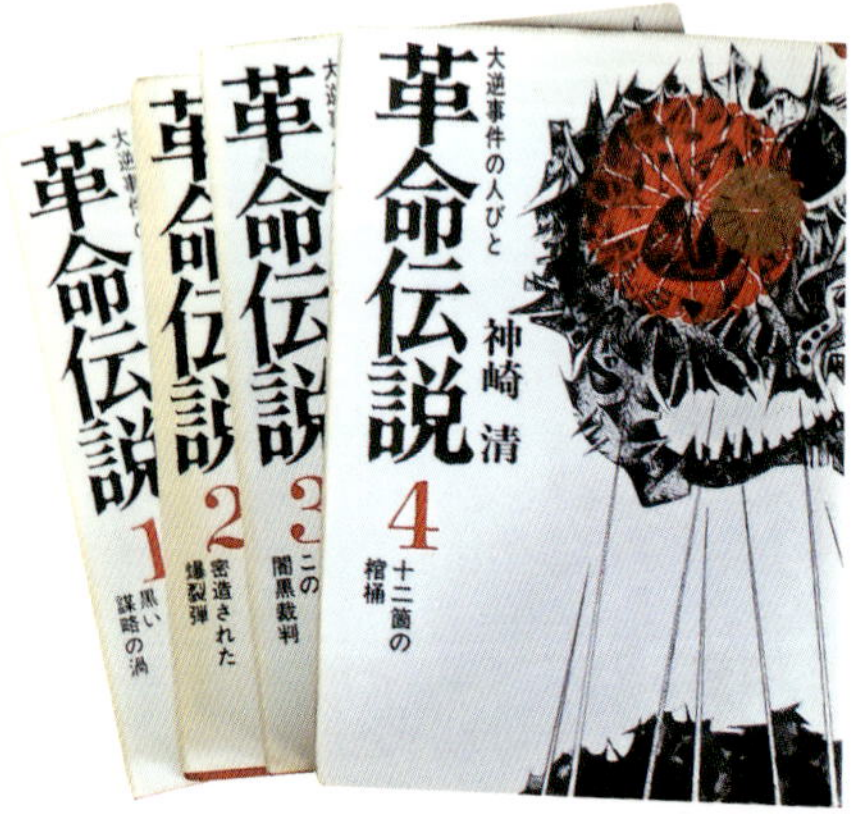

神崎清著『革命伝説』全４巻

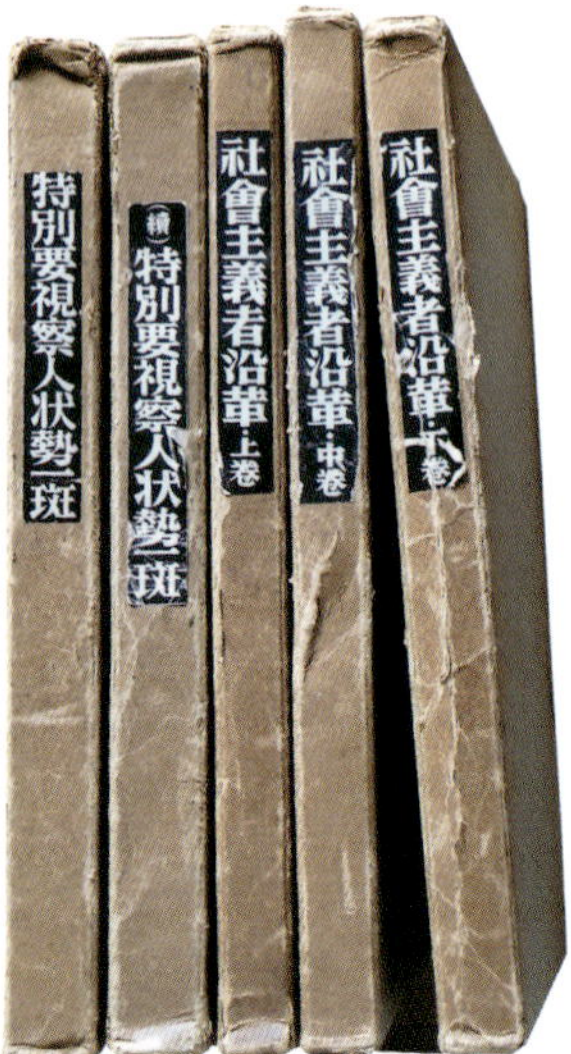

『社会主義者沿革』『特別要視察人状勢一斑』（絲屋寿雄氏蔵・謄写版）

「冬の時代」の光芒——夭折の社会主義歌人・田島梅子　目次

序章

1

田島梅子についての話は、少し遠まわりからになります。

新日本歌人協会の会員に、秩父生まれの乾千枝子さんがいます。私より一歳年下の、一九二九年生まれです。六年前の二〇一〇年四月に、第二歌集『桑の里』を出版しました。乾さんには、先行する第一歌集『秒針』（二〇〇四年）があります。

この第一歌集は、八〇年代の終わり頃、愛息が自転車でネパール、インドを旅していて、交通事故に遭い、不慮の死を遂げたことを悼んで、その十七回忌に出版したものでした。乾さんは、この愛息の死を契機に作歌の道に入りました。

ところで、『桑の里』の表紙は、その題名を象徴する一枚の版画で飾られていました。両神山らしきどっしりとした秩父の山を背景に、葉をすっかり落とした桑の古木を五本、画面いっぱいに配置したものです。一番手前の桑の木は、中心をやや右寄りに位置し、画面全体を引きしめながら、がっしりと握り拳を両神の山の上の空に立て、そこから何本もの桑の枝を出しています。版画の作者の視点は、地面すれすれに置かれていて、なんとも迫力のある見事なものでした。作者は乾さんの実兄田島一彦氏です。一彦氏は、乾さんの『桑の里』の表紙を見ることなく、出版直前に亡くなりました。一彦氏は、秩父文化の会の会長として、秩父地方の文化運動のすぐれたリーダーであり、版画作家でもありました。

秩父地方の文化運動の中心軸には、「暴徒」といわれ、「反逆の徒」といわれた、秩父困民党の顕彰運動がありました。それは、今に続いています。

明治十七年（一八八四年）十一月、重税に抗し、自由と権利を求めて決起し、「自由自治元年」などの旗印も立てて闘った、いわゆる「秩父事件」は、太平洋戦争が終わるまで、天皇制政府によって、その真実の姿が覆いかくされ、「暴徒」などの汚名をきせられ続けてきたものです。

それともう一つ、一彦氏の胸中にあったものは、父の妹（叔母）である田島梅子の、時代に先駆した社会主義歌人としての短い生涯とその意義を、顕彰することではなかったか、と思います。わずか二十二歳で亡くなった田島梅子は、乾千枝子さんの叔母でもあります。

田島一彦氏の版画で飾る乾千枝子歌集『桑の里』

もう四半世紀も昔になりますが、田島一彦氏から私のところに、「田島梅子を偲ぶ」という冊子と、いくつかの短歌関係の資料が送られてきたことがあります。添えられた手紙には、田島梅子の歌について、ぜひどこかに紹介してほしいと書かれていました。その頃私は、多忙であったうえ、その資料をぜひ見せてくれという人がいて、貸してやったまま行方不明になってしまったこともあり、一彦氏の要望には応えずじまいになってしまいました。今考えると、なんとも悔悟の念にかられます。

今度、このエッセイを書くにあたり、乾千枝子さんの所蔵の資料をお借りして、思いをあらたにしながら書きました。話をわかりやすくするために、乾さんに書いてもらった、田島家の家系略図（次頁）を紹介します。

田島梅子は、父善一郎、母りょうの三女として生まれました。明治十七年の秩父困民党の蜂起した農民の大部隊は、田島梅子の小鹿野《おがの》の生家の前の道を、なだれを打つように駆けぬけていきました。梅子の父善一郎も、祖父源十郎も、この決起に加わりました。明治政府は、警察、軍隊を動員して、農民の決起を鎮圧しました。事件の結末は、死刑八名、三千六百名に有罪判決を下しました。田島家の二人も熊谷監獄につながれ、「罰金二円」を払わされたうえ、今日の破産宣告にあたる「身代限り」を言い渡されました。

梅子の兄泰助（乾さんの父親）は、姉つねの嫁ぎ先の高田家の援助をうけ、浦和の師範学校を卒業することになります。その間、泰助は、妹の梅子に、社会主義的な本などを送り続けたといいます。

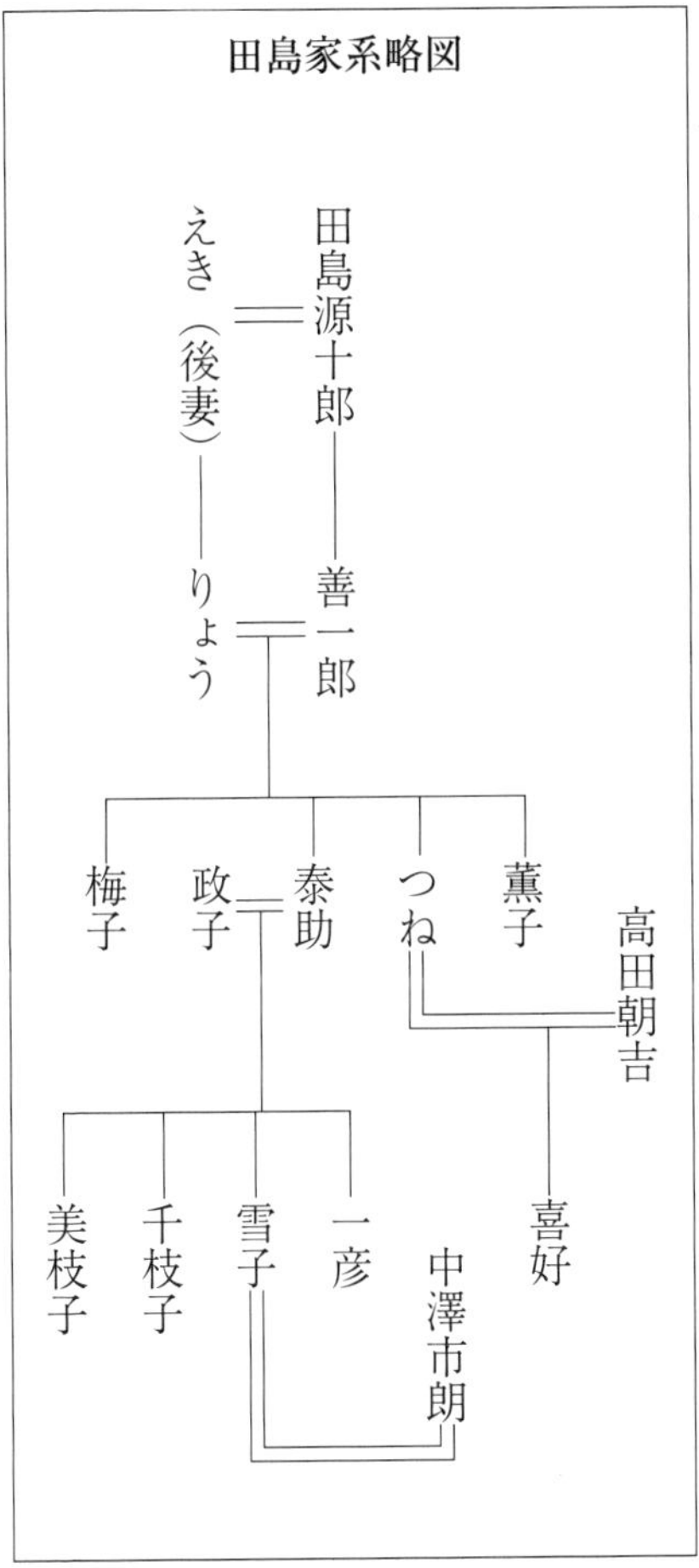

こうしたあれこれを考えながら、あらためて『桑の里』の一彦氏の表紙版画を眺めていると、そこに「秩父困民党」の雄叫びや、これから述べる田島梅子の夭折の生涯が重ね合わされてくるように感じられます。

2

歴史家の中澤市朗氏は、秩父困民党の歴史の発掘と、その真実の解明、そして事件の顕彰のために、先駆的な研究をつみ重ね、すぐれた業績を残した人です。『自由民権の民衆像』『秩父事件探索』『歴史紀行　秩父事件』などなど、かずかずの著書・論文を書いています。

中澤市朗氏の妻雪子さんは、田島一彦氏の妹であったことからも、早い時期から、田島梅子に強い関心を持ち、研究を発展させてきました。

「大逆事件」に遭遇し、その後におとずれた日本近代史の「冬の時代」のまっただ中で、わずか二十二歳で死んだ田島梅子の生涯を論じた、中澤市朗氏の視点はたしかであり、研究の峰は高いものでした。今後もこの峰をこえることは困難であろうとさえ思われます。私のこの一文も、中澤市朗氏の研究に負っています。ただ一つ薄手の点が残っていたとすれば、それは田島梅子が愛し、結婚した夫の岡野辰之介の生活像・人物像が、資料乏しくぼんやりとしていることです。愛や恋が、男女の双方からの精神の営みであるとするならば、片方だけでは、その愛や恋の真実を深みにおいてとらえることは困難なことです。

かつて私は、石上露子研究でそのことを痛感しました。石上露子の悲恋は、その初恋人の長田正平の生きた姿をとらえてこそ、石上露子が、一人愛にさらされず、相対的に人間的な愛の深さを歴史に刻むことができたと思ったのでした。本書を書くことを思い立ったとき、いささか調査し、今まで知られなかった岡野辰之介のいくつかの資料を見つけ出しました。これはあとで述べます。

田島家の系図を見ながら、もう少し書かなければなりません。

田島梅子の生まれた秩父の下小鹿野村は、江戸期から生糸の盛んなところでした。はるか後の大正期のことになりますが、若山牧水は秩父が好きで、たびたび秩父を訪れ、次のような歌を残しています。


秩父町出はずれ来れば機《はた》をりのうた声つづく古りし家並に

この歌を読んでいると、「古りし家並」から聞こえる機おりの音は、江戸時代の秩父の山村風景からの音として聞いても、おかしくないような錯覚にかられます。

田島源十郎は早くに妻を亡くし、やはり夫を亡くした近郷のえきと再婚します。えきは、りょうという娘をつれての再婚でした。この娘りょうは、やがて善一郎の妻となるわけです。中澤市朗氏の『歴史紀行　秩父事件』（一九九一年十月五日・新日本出版社）の中に、明治七年、田島源十郎が村のことを書いた資料が紹介されており、それには下小鹿野村には繭絹糸商人が四十人もいたとされていますから、養蚕、製糸業がいかに盛んだったかが想像できます。小鹿野村は生糸の里でした。

善一郎は、自分の生まれた秩父を、地場産業である養蚕や製糸でもっと大きくしたいという夢を生涯もち続けていたようです。

明治五年（一八七二年）、群馬県に画期的な国営富岡製糸場が開業されました。全国から工女が募集されました。善一郎は若い妻のりょうを製糸の技術を習得する工女に応募させ、富岡製糸場に送り出したのです。これは二人にとって並なみでない決断でした。富岡製糸場の創業時の「工女数」は総計五百五十六人。地元群馬県の百七十人につぎ、埼玉県（当時入間県）から八十二人が応募しています。秩父からは二十八人といいますから、全県下の三十八％にもなります。秩父の意気込みがわかります。

「かくして技術の伝習を受けた工女は郷国に帰り、所謂富岡仕込の機械製糸を夫々の県に植付けて、土地の産業として立派に製糸業の地位を築き上げることになったのである。即ちその土地の製糸業の進歩は『富岡工女』の帰国した時から始まっている」(『富岡市』・七五〇頁)

このような大きな役割りを、若き善一郎の妻りょうも担ったのです。「伝習工女」といわれる所以です。

富岡製糸場の創業によって、りょうのような「伝習工女」が力を発揮し、わけても秩父郡内の養蚕と製糸はいっそう盛んになり、とくに西秩父の輸出用生産は倍増した、とある本にありました。この時期、若い妻を「伝習工女」に送り出した田島善一郎や、積極的に習得した製糸の技術を郷土に広めたであろう、りょうの進取の気がまえは心をゆすります。

日本近代の幕開けの時期は、人びとがある意味では、封建の桎梏《しっこく》から解放されて、自由を求め、積極性をもって動き出していたような気がします。

しかし、文明開化がやがて「富国強兵」策にゴリ押しされ、重税と生糸の暴落による農民生活の破壊、貧困の激化、高利貸しの横行——などなどが全国を覆います。それに対し、相次ぐ草の根からの薩長藩閥政府への抵抗闘争が開始されました。自由民権運動です。秩父困民党もそのたたかいの一環でした。

「田島源十郎は、白木綿の鉢巻をしめ、竹槍を携えて蜂起に参加、大宮郷まで随行。田島善一郎は自村で炊き出しに従事しながら、のちに荒川左岸を通る加藤織平の困民党軍に加わりました。」（中澤市朗前掲書・二一五頁）

「秩父困民党」の蜂起から五年後の明治二十二年（一八八六年）に、埼玉県知事が県内を視察して回った記録が、『明治二十二年埼玉県知事巡視録』（吉本富男編・一九八五年・埼玉新聞社刊）として出ています。これには「秩父郡長答申書」（明治二十二年十月二十九日付）なるものが収めてあり、「事件」前後の秩父の庶民の困窮のさまをリアルに伝えています。

「一二ノ富豪ヲ除ク外悉ク負債山積セサルナキノ悲況ヲ呈セリ蓋《けだ》シ十七年本県暴徒蜂起ノ主因是レニ外ナラサルヘキナリ」

「斯クシテ明治十七年ヨリ十九年ニ至ル間ニ貧富ノ別ナク悉ク辛酸ヲ嘗メテ生活ヲ為セリ」

「爾後今ニ至ル迄一旦嘗メタル苦難ハ決シテ遺忘スルヲ得ス」（二六〇頁）

体制内の報告文書にさえ「一旦嘗メタル苦難ハ決シテ遺忘スルヲ得ス」と書かざるを得なかった、小鹿野を含めた秩父の山村の辛酸の深刻さがうかがわれます。

前記資料には、巻末に興味深い統計資料が載せられています。それは、明治五年（一八七二年）三月の「学制」公布以来、二十年近く経った明治二十二年当時の、埼玉県下各郡の小学校生徒数や就学率をまとめたものです。私の注意を強く引きつけたのは就学率です。埼玉県全体の平均就学率は、三八・二%で、全国平均四八・四%をはるかに下まわっています。しかしその中で、秩父郡の就学率のみは、男六六・二%、女四三・六%、平均五五・五%で、県下ではダントツであるばかりでなく、全国平均就学率も大きく引き離していることです（三五九頁）。このことは、秩父地方の教育水準の高さを推測させるものですが、前記「秩父事件」前後の経済的辛酸の中で、郷土の未来を次世代に託そうとする強い意識のあらわれとみることができます。

田島梅子が生まれた秩父は、こうした情況のもとにありました。

第一章　秩父の里

1

田島梅子は、明治二十二年（一八八九年）五月十五日に、埼玉県秩父郡下小鹿野村奈倉（現小鹿野町）に生まれ、明治四十四年（一九一一年）九月五日に、脊髄カリエスのため、わずか二十二歳で死んだ、社会主義歌人であり小説家でもありました。

梅子はその短い生涯の中で、揺籃期ともいうべき、明治社会主義思想の波しぶきを全身に浴びながら、作歌の修錬も積みつつ、小説家になることを目ざして、熱烈奔放にたたかい生きた女性でした。

西秩父に位置する、当時の小鹿野町には、鉄道もバスもありませんでした。峠をこえながら、他の村々へゆく交通の便は、ようやくできた乗合馬車に頼っていました。人びとは馬車に乗って、盆地の中の町まちを往き来したのでした。

そんな時代、田島梅子は十四歳で小鹿野小学校を卒業すると、翌年十五歳（満年齢。以下同じ）の秋に、野上尋常小学校に、準訓導として就職します。準訓導というのは、正規の教員（訓導）になる前の、見習い教員といったところです。明治の小学校令にもとづく学校教育法では、きちんと準訓導の地位が定められています。梅子が、小学校を卒業してからの一年半は、おそらく準訓導になるための勉強——たとえば郡が行う講習会といったようなこと——を一生懸命したにちがいありません。それにしても十五歳の先生とは驚きです。

石川啄木は、明治十九年（一八八六年）生まれですから、田島梅子は、啄木の三歳年下ということになります。啄木は盛岡中学校の中途退学者という芳しからぬ前歴をもちながら、故郷渋民小学校の代用教員となったのは、田島梅子よりも二年おそい、明治三十九年四月でした。啄木のなった代用教員とは、無資格の教員のことです。教師の地位としては、梅子の準訓導のさらに下に位置づけられています。たとえていえば、訓導・準訓導は正規社員なのに、代用教員は非正規雇用の季節労働者のようなものです。

日露戦争後の絶対主義的天皇制政府は、梅子の生まれた翌年に発布された「教育勅語」によって、天皇中心主義を根幹のイデオロギーとしながら、「富国強兵」のスローガンによる国づくりを強力におし進めていきました。その中心が学校教育でした。就学率が急速にのびてゆき、ひっきりなしに小学校令が改正されていきました。

梅子が、準訓導になった翌年、今度は正教員（訓導）の試験にパスします。新しく獲得したこの資格をもって、出身母校の小鹿野町尋常高等小学校の訓導となり、働くことになりますが、学校教育は、明治的「近代化」の嵐の時代でした。

明治三十七年から、はじめて教科書が国定化されます。また明治四十年からは、義務教育が四年から六年に延長されます。教育指導には、ヘルバルト主義の「五段階教授法」といったようなものが機械的に押しつけられ、教育現場では、教師の自主性が奪われ、まさに箸の上げ下げまで管理・監督される事態となっていきます。代用教員の啄木が、こうした教育に抵抗し、「小学校は死せるミイラだ」と叫んだのは、梅子が正教員として小鹿野町尋常高等小学校の教壇に立っていた時代と、時期はピッタリと重なっています。

田島梅子は、明治四十一年の秋、教師を辞めて、文学で身を立てるべく、その頃すでに知り合っていた、社会主義者の岡野辰之介を頼って上京します。教師をなぜ辞めたかの理由は、中澤市朗論文でもくわしくは述べられていませんが、私には、明治のこの時代の、画一的な教育のおしつけ、教える自由も剥奪して止まない、天皇制教育が、本来、自主的で、抵抗的精神をもった梅子には、耐え難いものだったと想像されます。つまり、当時の明治国家の教育方向に納得できずに、あれほど苦労して獲得した正教員としての地位もなげうってしまうことになった、一つの重要な理由ではなかったか、ということが、現在の私の仮説です。

代用教員石川啄木が、生徒たちとストライキをする様子が、小説『雲は天才である』の中に生きいきと書かれていますが、その時、生徒たちに啄木が歌わせた自作の詩は、次のようなものでした。現在も渋民小学校の校歌となっているものです。前半部分を引きます。

「自主」の剣《つるぎ》を右手《めて》に持ち、
左手《ゆんで》に翳《かざ》す「愛」の旗、
「自由」の駒に跨がりて、
進む理想の路すがら
今宵生命《いのち》の森の蔭
水のほとりに宿かりぬ

啄木が、「教育勅語」にもとづく忠良な臣民づくりに抗し、ここで高らかに歌っている「自主」も「愛」も「自由」も、それはそのまま、田島梅子の胸の中に育まれ、成長していたものにちがいないと思います。

それは、梅子が兄の泰助に導かれながら、その思想を高みにおし上げていった過程の中に、週刊『平民新聞』があったということを思うからです。

2

戦争反対を高く掲げた、歴史的な明治の社会主義新聞である週刊『平民新聞』が創刊されたのは、日露戦争開始の三ヵ月前の明治三十六年（一九〇三年）十一月十五日でした。幸徳秋水と、のちに田島梅子が師事する堺利彦によって、平民社が創立され、発刊されたものです。

幸徳秋水も堺利彦も、それまで黒岩涙香の『万朝報《よろずちょうほう》』（「まんちょうほう」とも）にいましたが、日露開戦必至というような情勢の中で、黒岩涙香が、戦争容認に傾いたため、反戦論者の幸徳秋水と堺利彦は、『万朝報』を辞め、社会主義の旗幟《きし》を鮮明にし、戦争反対を真正面からかかげた『平民新聞』を創刊したのです。

週刊『平民新聞』は、相次ぐ発禁、弾圧とたたかいながら、日露戦争終結の九ヵ月前、明治三十八年（一九〇五年）一月二十九日、全紙赤刷版で、明治天皇制政府への抗議の意志を示しながら、終刊しました。

田島梅子の兄泰助は、梅子が十二歳の時、代用教員を一年間やって貯めたお金と、姉つねの嫁ぎ先の高田家の援助で、浦和師範学校に入学し、卒業しました。父善一郎や祖父源十郎の血を受けついだ泰助は、社会主義への強い関心をもち、師範学校在学中に創刊された週刊『平民新聞』の購読者となりました。読み終わった新聞は、小学校の先生になったばかりの、十五歳の妹の梅子に送って、読んで勉強するように励ましました。泰助はまた、幸徳秋水の『社会主義神髄』や『兆民先生』なども、梅子に送って読ませました。田島梅子の社会主義への目ざめと発展にとって、兄泰助は、欠くことのできない援助と影響力を発揮したのでした。それはまさに、日露戦争のまっ最中のことですから驚くべきことです。

週刊『平民新聞』の創刊号は、その「宣言」の中で、「自由・平等・博愛」の三原則をかかげ、自由の思想にもとづき「平民主義」を、また平等思想の実現のために「社会主義」を、さらに、博愛の思想に立つ「平和主義」を主張しました。たとえば「平和主義」については、次のように述べています。

「吾人は人類をして博愛に道を尽《つく》さしめん為めに平和主義を唱道す。故に人種の区別、政体の異同を問はず、世界を挙げて軍備を撤去し、戦争を禁絶せんことを期す。」

明治三十六年十一月十五日（毎週日曜）　平民新聞　第一号（一）

十一月十七日　再版

平民新聞

宣言

一、自由、平等、博愛は人生世に在る所以の三大要義也。

一、吾人は人類の自由を完からしめんが為めに平民主義を奉持す、故に門閥の高下、財産の多寡、男女の差別より生ずる階級を打破し、一切の圧制束縛を除去せんことを欲す。

一、吾人は人類をして平等の福利を享けしめんが為めに社会主義を主張す、故に社会をして生産、分配、交通の機関を共有せしめ、其の経営処理一に社会全体の為めにせんことを要す。

一、吾人は人類をして博愛の道を尽さしめんが為めに平和主義を唱道す、故に人種の区別、政体の異同を問はず、世界を挙げて軍備を撤去し、戦争を禁絶せんことを期す。

一、吾人既に多数人類の完全なる自由、平等、博愛を以て理想とす、故に之を実現するの手段も、亦た国法の許す範囲に於て多数人類の輿論を喚起し、多数人類の一致協同を得るに在らざる可らず、夫の暴力に訴へて快を一時に取るが如きは、吾人絶対に之を非認す。

平民社同人

発刊の序

週刊『平民新聞』創刊号（明治36年11月15日）

いま読んでも、「宣言」の高い理想は説得力を感じさせます。『平民新聞』創刊号の「宣言」は、田島梅子がのちに師と仰ぐことになる堺利彦と、幸徳秋水の合作になる文章でした。

泰助と梅子は、また文学にも関心を持ち、中澤市朗によれば、明治三十九年頃から四十一年頃にかけて、雑誌『新声』や『文庫』にも詩や短歌を投稿したといいます。中澤市朗の研究では、その作品は遂に探し出せなかったといっています。

私もこの投稿時代に関心をもち、日本近代文学館や国会図書館で探しましたが、梅子や泰助とわかる作品はありませんでした。ただ、「もしかすると」と思うような作品はいくつか見つけました。明治四十二年（一九〇九年）の『新声』新年号に「埼玉真々田薫」とした次の三首です。

君一人思ふにあらず萬人の少女を入る丶大なる胸

山によじ遠き都のどよめきをほのかにききぬ春のまひる日
春の野に枯れし小草の蔭にかもあらまし己が恋のもえがら

私の心象では半分ぐらい、田島梅子作ではないか、と疑っています。理由の第一は、ペンネームの「真々田」の二音目を「じ」に変えて、下から逆に読むと「たじま」になること、「薫」とは、若くして死んだ一番上の姉薫子の名です。理由の第二は、短歌の詠み口が、梅子の他の短歌作品によく似ているからです。

第三に雑誌『新声』の三年間（明治三十九・四十・四十一年）の中で、「埼玉」とあるのはこの「真々田薫」だけだからです。『新声』の詩の投稿欄には、「秩父根びと『裸形』」（明治四十年十二月）、「秩父根びと『若き芽』」（明治四十一年三月）、「田島曲琴『愛の隠れ家』」（明治四十一年八月）。また『文庫』（明治四十年一月）に詩「秩父根人『多摩の人へ送る』」がありました。「秩父根びと」のペンネームのこれらの詩は、もしかしたら梅子の兄泰助のものではないかと私は疑っていますが、確証はあり

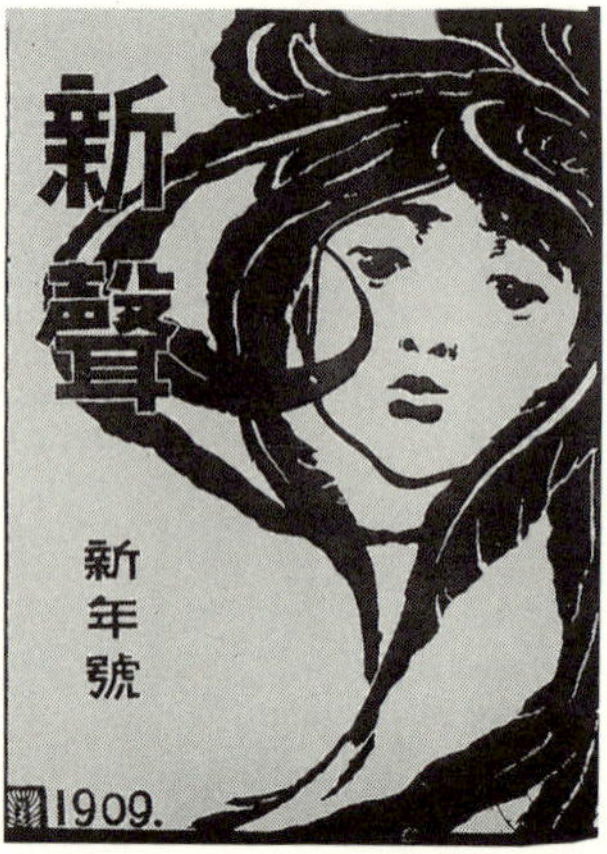

真々田薫の短歌が載った『新聲』(明治42年正月号)

ません。
参考のために『文庫』の「多摩の人へ送る」六連の詩の終わりの三連をあげます。

江の北なる畑にして
桑つむ君が思出は
何時の昔にかへらむに
辿るは長き畷路《なわてみち》。

寂しき雨を草塚の

軒に妹が夏引の
鍋なる繭は白けれど
煮られし水は濁りたり

あゝ秩父ねは我が夢の
うつろふ処永遠《とこしえ》に
独はよかれ追憶《おもひで》に
花を咲かせてほゝゑまん。

3

田島梅子の生きた時代は、維新後の天皇制政府が「文明開化」を合言葉に、欧米に追いつき、追い越そうと、近代国家の体制を整えるために、政治・経済・社会の全面にわたって、次つぎと政策を打ち出していました。田島梅子の二十二年の短い人生の上におとした、明治の強権のそれらの影は、甚大なものがあったと思います。

ここでは、次の三つの点をからませながら、人間として、若木の田島梅子への影響を考えてみたいと思います。

①戦争と平和の問題
②天皇制教育の矛盾との衝突
③女性解放の思想

梅子が教壇にはじめて立ったのは、日露開戦（明治三十八年二月十日）の約半年後でした。この時、梅子はわずか十五歳だったことは、前にも書きました。

日本の近代教育は、教育によって人間を人間らしく育て、発展させるという民主主義的な方向とはまったく逆に、神格化された天皇のために、一身をなげうつことのできる「忠良なる臣民」を教え育てることが中心眼目でした。

その道徳的基準として、天皇の名で国民全体に押しつけたものが「教育勅語」（明治二十三年十月三十日）でした。それを教科としてさらに具体化したものが「修身」です。

明治天皇制政府は、「修身」だけでなく、全教科（小学校）に、国家の支配権を強めるため、教科書を国定にすることを決め、日露戦争の開始とほぼ同時（明治三十七年四月）に、全国の小学校での国定教科書の使用をはじめました。

田島梅子は、このはじめての国定教科書を使って、教師生活をスタートさせたのでした。政府の教育行政は、さらに立ち入って、教師の授業の仕方（教育課程）までも画一化していきました。

梅子が準訓導という不安定な、差別的な身分から抜け出て、正教員の資格をとるために、一応の講習を受けたり、自身の研究・勉強があったことは、当然のこととして想像されますが、すでにこの頃から、梅子を広い世界に連れ出そうとする、兄泰助の週刊『平民新聞』などによる〝社会化教育〟が始まったとすれば、教壇に立ちながら、梅子は、その本質としてもっていた、自主や平等・人間発展の願いと、現実の教育との間の、矛盾を次第に深くせざるを得なくなったことは、想像に難くありません。

田島梅子の没後八十年を記念した集会（一九九〇年十月二十八日）の記念誌『田島梅子を偲ぶ』（秩父文化の会刊）に、中澤市朗が寄せている評論「田島梅子の生涯」の中に、次のような興味深い一節があります。

「すでに思想的にも注目されていた梅子は、当時の小鹿野小学校長辺見軍二郎によばれて、たびたび説教をされたといわれている。」

石川啄木の、故郷渋民小学校での代用教員時代（明治三十九年四月～明治四十年四

月）の一年間は、田島梅子の、やはり秩父での教員時代に重なります。啄木は、当時書いた「林中書」という教育論の中で、自分の教師としての生々しい体験にてらして、日本の小学校教育は「人の住まぬ美しい建築物である。別言すれば、日本の教育は、『教育』の木乃伊《みいら》である」と叫んでいるところがあります。また小説『雲は天才である』の中で、「身を教育勅語の御前に捧げ、口に忠信孝悌の語を繰返す事正に一千万遍、其思想や穏健にして中正」な、創造性も自主性も欠いた、校長の姿を描いています。梅子を「たびたび説教」したという小鹿野小学校の校長も、啄木の見た校長と、いささかも変わりなかったと思います。

日露戦争では、梅子が教師をしていた小鹿野村では四十六人も戦死者を出しています。日清戦争ではこの村の戦死者が十一人だったことを思うと、秩父の山村を襲った日露戦争の惨禍がどんなにひどいものだったかが想像できます（『秩父の歴史』による）。

梅子に次の一首があります（傍線・引用者）。

若き子に若き生命《いのち》を捨てよとや斯くて崇《とおと》し教へなるもの

この一首が、どんな時期に、何に向けて詠んだのかわかりません。それは、梅子の他の歌も同様です。作歌年代（とくに年月日など）は、ほとんど正確にはわかりません。しかし、この歌を読んで、私が最初に感じたのは、与謝野晶子の詩「君死たまふこと勿れ」に通う息遣いです。

この詩の第三連を引いてみます。

君死にたまふことなかれ
すめらみことは戦ひに
おほみづからは出でませね
かたみに人の血を流し

獣の道に死ねよとは
死ぬるを人の誉れとは
おほみこころの深ければ
もとより如何で思されむ

梅子の作品は、「君死にたまふこと勿れ」を短歌に〝ほんやく〟したように感じます。傍線部分は、晶子の口調そのものです。梅子が歌っている「教えなるもの」とは、宗教的な教えではなく、まさに「教育」をさしたもの、と私は思います。日露戦争の時代（その後も）、戦死者は「名誉」なことであり、「英霊」とされました。白木の箱に入った戦死者の遺骨が帰ってくると、村を挙げて「村葬《そんそう》」を行いました。そうした時、小学校では、全校生徒が村葬に参列します。田島梅子もそのたびに、受持ちの子どもたちを引率して参加したにちがいありません。「若き子に若き生命を捨てよ」と高みからおしつけてくるものこそ、天皇の肉声のように崇《あが》められた「教育勅語」であり、教育とは、それを体現したもの――、梅子はそう言っているにちがいない、と私は、この歌から感じとっています。

これは明らかに、反戦の意志を潜《ひそ》ませた、梅子が現に教えている教育――日本の教育への強い批判でした。

4

田島梅子の日露戦争下の作と思われる「若き子に若き生命《いのち》を捨てよとや斯《か》くて崇《とおと》し教えなるもの」の一首が、与謝野晶子の詩「君死にたまふこと勿れ」とその声調がよく似ていることについて書きました。田島梅子がのちに上京して書いた短編小説の「若き妻より夫へ」の中に、晶子調そのもののような次の一首が書き込まれています。

獨聞《ひとりき》く相模の海の遠鳴りに身は溶《と》くるらし涙ながる、

この歌は、たとえば与謝野晶子の歌集『毒草』（明治三十七年五月）や、『佐保姫』（明治四十二年五月）の中の「海恋し潮の遠鳴りかぞへてはをとめとなりし父母の家」「静かなる相模の海の底にさへ鱶《ふか》棲むと言ふなほよりがたし」などとの用語の類似は否定できません。十代後半頃からか、田島梅子は『明星』浪漫主義の強い影響を受けたのではないかと、私は想像しています。

田島梅子の、戦争批判の歌に関連し、もう一つ思い出される歌があります。それは、夕ちどりの筆名で、石上《いそのかみ》露子が日露戦争のさなかに、『明星』七月号（明治三十七年）に発表した次の一首です。

みいくさにこよひ誰が死ぬさびしみと髪ふく風の行方見まもる

晶子の詩「君死にたまふこと勿れ」の発表より二ヵ月前のことです。のちに「大逆事件」の特別弁護人となった、啄木の友人平出露花（修）は、翌月号の『明星』誌上で、「戦争を謡って、斯の如く真摯に斯の如く凄愴なるもの、他に其の比を見ざる処、我はほこりかに世に示して文学の本旨なるものを説明して見たい」と絶賛した作品です。

梅子の作品と比べると、夕ちどりの作品のほうがすぐれていることはいうまでもありません。作品のイメージは鮮烈で、ヒューマニズムの心情には深いものがあるからです。しかし、そこだけで比較するのは必ずしも公平とはいえません。

石上露子は、田島梅子より十五歳も年長です。田島梅子は、秩父の貧しい山間の家に生まれ、小学校を出たばかりで、刻苦して勉強し、正規の教員資格も獲得し、自立した女性として生きることを目指していました。

一方、石上露子の家は、大阪南河内の、四百年も続いた旧家で、大地主の一人娘として大事に育てられました。小さい時から学校にはゆかず、お抱えの住み込み家庭教師によって、豊かな教養を与えられ、その中で文学的素質も開花させていったのでした。

幕藩体制の時代から、秩父山間地の民衆は、地を這うようにして差別や貧困とたたかいながら生きてきました。そのような歴史を負いながら、田島梅子は、明治の社会主義思想（それは初期的なものでしたが）に、ためらわず、まっすぐに連なっていきました。そうした意味合いでみれば、梅子の作品には、『明星』的なレトリック（修辞）や表現方法の影響はあるにしても、『明星』とは異なった一つの主張、思想のようなものが、野太く通っているような気がします。

このような大きな違いをもつ石上露子と田島梅子の作品をとりあげ、並列的に、かつ単純に論ずるのは正当とはいえないでしょう。

しかし、二人とも、自分の信ずる道にひたむきに心を傾けていった点は、大きな類似性といわなければなりません。

田島梅子は、これまで、歴史家の中澤市朗の研究や、兄泰助の証言などにより、社会主義思想をもった若い女性として育っていったことはよく知られています。しかし、その成長過程の現実的な姿を示す、具体的な資料は、現在まで発見されていません。

たとえば、「大逆事件」の起こる前年、明治四十二年（一九〇九年）三月十日に創刊され、第一号だけで終わった『平民評論』という新聞があります。そこに、「個人消息」欄があり、二十八人の社会主義関係の人びとの近況が二、三行ずつ書きとめられています。そこに田島兄妹の近況が書かれています。のちに梅子が結婚する岡野辰之介も「活石」の筆名で、二十八人にまじって、ごく短い消息が記されています。

「田島梅子氏　重病の床にありしが、その後消息なし。偏《ひとえ》に此革命婦人の健全を祈る」

「田島泰助氏　橋本勘作氏と共に業務に従事せり」

「岡野活石氏　写字によって其母を養いつつあれり」

明治四十二年といえば、田島梅子は二十歳で、小鹿野小学校の教員時代です。その頃すでに、梅子は「革命婦人」と呼ばれていたのか、という驚きがあります。どんな活動をし、どんなものを書き、「革命婦人」とまでいわれたのか、まったく資料がなくてわかりません。ミステリーのように、「革命婦人」が唐突に登場してくるわけです。兄の泰助は師範を卒業して教職にあったはずですので、「業務」とは教師の仕事ということでしょう。ここに出てくる橋本勘作は、田島兄妹と同じ下小鹿野村生まれで、泰助の二年先輩として、師範学校も出ていますから、泰助と同じ学校にいたか、あるいは、ごく近い学校にいただろうことは、「共に業務に従事せり」という表現で推察することができます。

第二章　『常陸国風土記』の里

1

田島梅子は、教師をやめ、社会主義者岡野辰之介（辰之助とも。本書では辰之介と記す）を頼って上京し、結婚に至るのは、梅子二十歳の時というのが定説です。しかし、その上京年月などについては、田島梅子研究をリードしてきた、中澤市朗の主要な三つの研究論文では、三つとも異なっています。論文発表年代順に、第一論文、第二論文、第三論文として、その上京年月について見ますと、次のようになります。

第一論文「田島梅子小伝覚書」（『歴史評論』一九五四年五月号）

明治四十一年春、小鹿野小学校を希望退職、その秋に上京（退職後春から秋まで、読書と作詩に日を暮らした。

第二論文「田島梅子の生涯」(一九七三年三月三十一日執筆。『田島梅子を偲ぶ——没後八〇年記念誌』所収)

「小鹿野小学校沿革誌」に、「明治四十三年一月十一日、訓導田島うめ子願ニ依リ退職ヲ命ゼラレル」とあることを筆者が発見。明治四十二年春、教職にあるうちに岡野を頼って上京したとする。辞表提出は明治四十三年と推測。

第三論文「田島梅子、その時代と現代」(『文芸秩父』七十三号・一九九一年二月十五日所収。没後八〇年祭記念講演)

明治四十三年一月に、小鹿野小学校退職、そして上京、二十歳の時で、やがて結婚したと記す。

第一論文と第二論文の間に、二十年近い歳月があり、また、第二論文と第三論文との間には、十八年の隔たりがあります。中澤論文は当然のこととして、それぞれの執筆時点までに明らかとなっていた、関係資料に目を通し、現地調査も重ねていたはずです。したがって、梅子の上京年月について、こうした変化があるのは、論考の発展であって当然のことです。たとえば、明治四十三年一月に小鹿野小学校に提出した梅子の退職願いの資料の発見は、第一論文以降のことですから、明治四十一年秋上京説は誤りということになります。

第二論文の明治四十二年春上京説はどうかを考えてみます。第二論文は、退職届提出は上京後一年経ってからだと推測していますが、この主張には無理があります。それは、教職にありながら、岡野を頼って上京し、一年後の明治四十三年一月十七日に退職届を出したという点です。通常の学校においては、こうしたことは制度上も現実的にも、できないことです。生徒がおり、教育活動をしなければならない先生が、理由もなく長期にいないということなど、考えられないことです。

第二論文から十八年後に書かれた第三論文では、明治四十三年一月の依願退職は動かしがたいとし、この文書の記述にそって、退職時期と上京時期を一致させたものです。しかし「梅子の上京は二十歳の時」という、兄泰助に確かな記憶とされてきた事実とは食い違います。明治四十三年説では梅子が二十一歳の時となるからです。

こうしてみてくると、論文執筆が現在に一番近い第三論文が妥当性が一番高いと思われますが、「二十歳上京」のカベは破れていません。中澤市朗もその整合性には苦労したとみえますが、結局、しいて「二十歳の時です」と書いてしまっています。

私は、この問題——梅子の上京年月——を史料的に別な角度から考え、思わない事実にぶつかり、いささか困惑しました。以下、そのことを述べます。

私が別の角度からのものとして見つけ出したのは、「大逆事件」の発端、経過、結末などを、微に入り細にわたって調査・研究した神崎清著『革命伝説』（全五巻）第二巻の中の次のような記述です。

「誰も知らないが、明治四十一年一月、秀英社の校正係をしていた岡野辰之介が、一升徳利を持って巣鴨平民社にあばれこんでくる。」（『革命伝説』第二巻・九三頁）

巣鴨平民社跡（現在大塚駅北口の駅前ビル下）

　ここに登場する岡野辰之介とは、いうまでもなく田島梅子の夫となる人物です。幸徳秋水が高知から上京し、一時柏木に岡野辰之介の名前で家を借り、柏木平民社と称しましたが、明治四十一年十月頃より、巣鴨村に移り、巣鴨平民社と称しました。当時岡野は、この平民社の近くに住んでいましたが、岡野は、幸徳秋水が何かと不便だろうと考え、妹のテル子を家事手伝いとして住み込ませました。この妹のテル子を、秋水が犯したというのが、岡野の一升徳利なぐり込み事件でした。この事件は、友人たちの仲裁によって事なきを得た、というわけですが、『革命伝説』は、さきの引用の後、次のように書いています。

「竹内善朔の話では、岡野の妹テル子は秋水によくなついて、嫌がるものを無理に犯したと思えない、というのであったが、家事手伝いとしてあづかった同志の妹に手を付けたのは、何といっても秋水の性的過失で弁明の余地がなかった。」

岡野辰之介は、こうした経過があって、土佐の秋水の妻千代子に、早く上京しないと、まずいことになるといった「おせっかいな手紙を出し」たのでした。それに対し、千代子から手厳しくはねつけられ、「要ラヌ世話タ。貴宅ノ方ノ天機ヲ漏シタラバ何ウカ……」といってきたというのです。『革命伝説』は次のように書きます。

「『貴宅ノ天機』とは、岡野が歌人の田島梅子と恋愛におちいり、巣鴨村でひそかに同棲していることで、逆にシッペがえしをうけたのである。」（『革命伝説』第二巻・四九四頁）

これはびっくりする記述でした。これでいくならば、田島梅子の上京はどうしても明治四十一年であり、その秋以降ぐらいには岡野と同棲し、秋水をとりまく人々の間では、このことは公然たる事実だったと推測できるからです。そうすると、これにもっとも近い中澤市朗説は、じつは第一論文の説ということになってきます。梅子と岡野の結婚は、おそらく明治四十二年の春頃と思われます。こう考えてくると、納得のいくことがいくつもあります。

2

田島梅子の没後、夫の岡野辰之介は、梅子の兄泰助への手紙の一節の中で、次のようなことを書いています。明治四十五年七月十六日付けの消印のあるものです。

「(前略)思えば梅子と一緒になって、三年の間の夏は悉く憂慮苦心、悲愁の夏であった。今年ばかりは何の憂も無い、心配も無い、されどもまた希望も無い。慰めも無い、生命のない夏だ。」(『没後八〇年誌』所収・傍線・引用者)

引用傍線部分は、梅子の上京年次を考えるとき、きわめて重要な夫岡野の証言です。つまり、結婚してから夏を三回一緒に迎えたということです。明治四十四年九月に梅子は亡くなっていますから、あと二回の夏は明治四十三年と四十二年の夏ということになります。岡野の書簡全体についてのこまかな検討は、後に考えるとして、ここではっきりしていることは、明治四十二年の夏以前には、岡野辰之介が、すでに病気を抱えていたと思われる梅子と結婚していたという事実です。

このことは、『熊本評論』（明治四十年五月二十日～明治四十一年九月二十日）の廃刊のあとを受けて創刊され、弾圧のため一号限りで終わった『平民評論』（明治四十二年三月十日）の「個人消息」欄で、梅子の近況について、「重病の床にありしか、その後消息なし、偏に此革命婦人の健康を祈る」とあることも、結婚後の梅子が、堺利彦門下の岡野辰之介の妻であり「革命婦人」として、すでに知られはじめていたことを物語るもので、前記岡野の田島泰助宛書簡の内容と時期的にも符合するものです。

以上の検討から、田島梅子の上京は、明治四十一年の秋ごろであり、おそらく十月のあたりであろうと推測します。岡野の妹テル子が、幸徳秋水の食事の世話などで、秋水の平民社に住み込んだあと、入れかわるように、梅子が大塚坂下町一の岡野宅に同居し、翌年春、結婚したものと考えるのが、一番妥当と思います。

岡野の妹テル子の問題と、田島梅子と岡野との同居の時期は深くかかわっていたはずです。そうでなければ、例の一升ビン事件ののち、テル子は大塚坂下町の兄の家に帰らず、郷里に帰る必要もなかったでしょう。

塩田庄兵衛編『幸徳秋水の日記と書簡』（未来社・一九九〇年四月三日）の中に、高知から出てきた幸徳秋水が、知人の谷川政子にあてた明治四十一年十月頃の書簡があり、その中に、次のような一節があります。

「……私の方は今社会党の友人の妹さんが来て、食事のことや着物の世話など親切にしてくれます。」（二五一頁）

「友人の妹」とは、岡野辰之介の妹テル子のことです。前にも述べましたが、秋水は妻の千代子を高知において上京してきたものです。秋水は岡野辰之介の名前で借りた新宿柏木の家に、「柏木平民社」（明治四十一年八月十四日〜同年十月頃まで）の看板をかかげ、のちに、岡野の住居にも近い巣鴨村二〇四〇番地（『革命伝説』）に移り、巣鴨平民社（明治四十一年十月頃より、明治四十二年三月下旬頃まで）の看板を掲げました。

幸徳秋水は、やがて高知から上京してきた妻千代子を離縁（明治四十二年三月一日）し、スキャンダルを生んだ管野須賀子と同棲するために、千駄ヶ谷平民社（明治四十二年三月十八日〜明治四十三年三月二十二日）に移ることになります。

こうした経過から考えると、岡野辰之介の妹テル子が、明治四十一年十月から、幸徳秋水の平民社で手伝いをしていたことは、幸徳秋水自身が明らかにしていることであり、田島梅子の上京は、テル子が平民社に移った直後の時期、明治四十一年十月というのが、ますます確かとなってくる感じです。

こうして、梅子の上京時期は、たしかな文書や傍証で前述のように推測することができますが、この推測には、もう一つ難問が残っています。それは、中澤市朗の第二論文が発見し、紹介したところの、『小鹿野小学校沿革誌』に、田島梅子が、願いにより明治四十三年一月十七日付で退職した、と明記されていることとの矛盾です。このことは、梅子が、明治四十一年秋に上京し、もはや教壇には立っていなかったにもかかわらず、教職員としての籍は残っていたことを意味します。このような場合は、一般的に病気による長期欠勤の扱いか、あるいは病気などによる休職扱い以外には考えられないところです。

そこで、この問題についての私の仮説は、次のようなものです。

梅子が、明治四十一年秋に上京した折りは、おそらく病気などを理由に、一定期間の欠勤を申し出て、そののち、そうしたあいまいなかたちで結婚するわけにもゆかず、例の一升ビン事件のあった明治四十二年一月に、一年間の病気休職願を提出したのではないかということです。その休職願の提出日が一月十七日付ではなかったか、と考えたわけです。結局一年たっても、休職条件の病気（病名はおそらく結核）はよくならず、その時点で依願退職ということになったと考えるのが、現実的な経過のように思います。梅子は人一倍がんばり屋で、勉強家であったため、無理がたたって、「元来病弱な彼女」「体の弱い彼女」（中澤市朗『第一論文』）は、教師生活の終わり頃には、誰の目にも病気持ちの女先生に見えたので、梅子の病気休職についても周囲からは理解される状況だったと考えられます。

それに、この当時は、兄泰助の援助や協力によって、社会主義への目を開いていた時期でもあり、さきにもふれましたが、次のような興味あるエピソードがあることを、中澤市朗は第二論文「田島梅子の生涯」で紹介しています。

「すでに思想的にも注目されていた梅子は、当時の小鹿野小学校長辺見軍二郎によばれて、たびたび説教されたといわれている。」

小鹿野小学校への勤務は明治四十一年四月十一日付の辞令が残されていますから、梅子十九歳（数え年二十歳）の時、ということができます。校長としては、この鼻っぱしらの強い、社会主義思想に染まった梅子が、病気であれなんであれ、学校にいなくなることは、おそらく、ひそかに歓迎すべきことであったにちがいありません。

3

田島梅子の恋愛の相手であり、やがて夫となる岡野辰之介について語らないと、梅子の実像が描きにくくなります。

明治初期社会主義思想と運動の中で、幸徳秋水、堺利彦、山川均、荒畑寒村、大杉栄などなどの華ばなしい活動の影にかくれて、岡野辰之介はほとんど知られていない、といってもよいくらいです。しかし、岡野の生涯はドラマチックなものであり、思想の師である堺利彦にぴったりとより添い、「冬の時代」を生き抜いていったことは、注目されなければなりません。

明治社会主義思想と運動の最先端に立って、時代をリードしていたのは、幸徳秋水と堺利彦でした。「大逆事件」のとき、堺利彦は、「赤旗事件」で重禁錮二年となり、千葉監獄に入獄していたため、「大逆事件」の連座はまぬがれましたが、もし獄外にいたならば、「事件」の首謀者の一人として、幸徳秋水ら十二人とともに、死刑にされていたであろうことは、疑う余地はありません。

幸徳秋水と堺利彦は盟友でした。秋水は堺を信じ、堺利彦はまた秋水の思想と才筆を深く理解していたのでした。明治三十七年（一九〇四年）に、日本で最初の『共産党宣言』の日本語訳を、いち早く二人の名によってなしとげ、出版したことは、不滅の友情の証、といってもよいことでした。

岡野辰之介は、明治社会主義運動の最先頭に立っていた堺利彦の門下生の一人として、たえずその傍らにあり、重要な役割りを果たした人物でした。

田島梅子研究において、欠かすことのできない、この岡野辰之介については、これまでほとんど解明をみせていません。いわば謎の人物のように、うす闇に閉ざされていた感じです。

私は、まず岡野辰之介の出生地を知りたいと思いました。中澤市朗の第一論文に、その出生地が、「茨城県行方郡《なめかた》」であることが書かれていますが、それ以上はありませんでした。

『世界婦人』(明治四十年一月一日～明治四十二年七月五日)という女性を対象とした明治の社会主義系の新聞に、岡野辰之介が「岡野活石」という筆名で、「僕の幼時」というエッセイを書いています。生まれ場所などはもちろん書いてないのですが、幼な友達との遊びを回想した中に、次の一節がありました。

「秋になると、何石《なんごく》の実を篩落《ふるいおと》す老銀杏《いちょう》が一本、此村を見護って居るかのやうに丁々《ちょうちょう》と聳えて居る。その根っこのところに鐘楼が見える。此所《ここ》は近村近在に名高い薬師様なのだ。」（明治四十年十一月十五日）

私は一日、水戸の県立図書館にゆき、『行方郡郷土史』（一九二七年六月八日、政教新聞社）を見つけ出し、その名所旧蹟とされるものの中に、岡野活石が書いた「近在にも聞えた薬師堂」らしきものをもった村をさがしました。この『郷土史』によれば、行方郡には三町十七村あり、その一つ一つを当たっていきました。その中に、「大和村」という、いわくあり気な名前の村があり、そこに、次のような記述を見つけ出しました。

「薬師堂　大字小牧三光寺の境内にあり、大同元年（八〇六年・引用者）の創立にして、日向の国伊東の庄よりの転祀したるものなりという。佛堂の構造建築皆古代の式にして、毎月七日の縁日は訪ずるもの多し」

これは、岡野活石が書いた、薬師堂に間違いないと確信しました。しかし、現在の地図を見ると、古典的な匂いを放つ「大和村」などは影も形もありません。

行方郡を地図で見ると、西は霞ヶ浦で、東に北浦という湖があり、そこに挟まれた細長い地域で、電車などは通っていない、僻地のようなところです。北浦のすぐ東は鹿島灘で、広大な太平洋となっています。

そこで、行方市役所の生涯学習課に電話して、昔の「大和村」は現在何という地名か、そこに、小牧三光寺という寺の薬師堂があるかを聞きました。係の人は親切で、地元の麻生町の文化財研究者が書いたもののなかに、小牧に鉾《ほこ》薬師堂があるとのこと、昔は鉾神社ともいったらしくそのあとかも。大同元年建立で、『常陸国風土記』とも関係あるように書かれていますと、丁寧に教えてくれました。

茨城県行方郡小牧の現在の薬師堂

私は、幾日かおいて早速、行方市小牧の薬師堂さがしに出かけました。ＪＲは行方市の南端の潮来《いたこ》までしかいかないので、タクシーを頼んで、旧麻生町の鉾薬師堂に、とうとうたどりつくことができました。

山間《やまあい》のようにせばまったところに、稲田が続いていました。一方の山側の下あたりを走る県道から右へ少し折れ、また左に入ったところの小高い山の中ほどにそのお堂はありました。雨風に打たれて、さぞかし古色蒼然たる祠《ほこら》であろうと想像して来たのに、再建してまだ幾年も経ていないらしく、高い松と竹林にかこまれて、金箔めいた朱塗りの堂が夕日に光っていました。

しかし、十数段の石段はコケがびっしりと生え、すり減った石の凹凸がはげしく、ひどくのぼりにくい。この石段だけは、おそらく創建時のものであろうかと思いました。石段は平面の部分がないほど波うっているのでした。近郷近在だけではなく、遠く他国からも、ここに詣でた人びとがあったことを物語っていました。

岡野辰之介は、ここで生まれ、幼年時を過ごしたのかと、感慨深いものがありました。これは、田島梅子研究での、私の新しい発見でした。さきにふれた『世界婦人』のエッセイ「僕の幼時」では、「五歳の暮れに父母と共に母の里である今の故郷に移ってしまった」とありますが、「今の故郷」がどの辺なのか、岡野辰之介の書いたものには一切出ていません。母の里である「今の故郷」で、岡野は、「二十有三年」育ったといいますから、岡野の中では、この母の里のほうが本当の生まれ故郷と感じていたのかも知れません。

小牧（土地の古老はコマンギと呼んでいる）の薬師堂の調査から幾日かたって、行方市役所の生涯学習課に頼んでおいた史料が届きました。一つは、私が「古典的な匂いを放つ」と感じた「大和村」に関するものであり、もう一つは、「常陸国風土記」の行方郡に関する史料でした。

送られてきた茨城県行方郡『麻生町史』によれば、「明治二十一年（一八八八年）、市町村制の発布せらるるや蔵川村外十一ヶ村を合併して大和村と称した」（九五頁）といいますから、大和村は今から百二十年近く前の、市町村制の発布にからんで生まれた名前であることがわかります。この時合併した蔵川村以外の村は、四鹿村、青沼村、杉平村、小牧村、岡平村、宇崎村、白浜村、新宮村、板峯村、篭田村、天掛村となっており、北浦に注ぐ蔵川の両岸にある村々で、その地名のほとんどは、現行の五万分の一の地図上でも拾うことができます。戦後になって、一九五五年三月三十一日に、この大和村は、麻生、太田、小高、行方の各町村と大合併し、旧麻生町を「襲名」したといいます。こうして大和村の名前は、明治中期から戦後まで、六十七年間存在し、半世紀前に消えたことになります。私が鉾薬師をさがした日に、潮来の観光案内所やタクシーの運転手も、まったく知らなかったのも無理がないと思いました。

それにしても、明治中期に、合併した新たな村の名に「大和」の名をつけた背景に、なんとなく古代への憧れがあったのではないかと、思わずにはいられませんでした。

私は、鉾薬師の探索から帰ってから、岩波書店の『古典文学大系』の『風土記』を開いてみました。『風土記』は「常陸国」が先頭です。

「常陸《ひたち》の国の司《つかさ》、解《げ》す。古老《ふるおきな》の相《あい》伝ふる舊聞《ふること》を申す事」

この言葉で始まる「常陸国風土記」は、私には読み易いものではありませんでした。「解《げ》」というのは、「上級官庁への公文書の名」と、同書の頭注にありました。行方郡についても、「行方《なめかた》の郡《こおり》東・南・西は竝《とも》に流海《ながれうみ》、北は茨城《いばらき》の郡《こおり》なり」にはじまる長い記述がありましたが、もちろん薬師堂の話がなかったのは当然で、薬師堂創建とされる大同元年は八〇六年であり、八世紀初頭に成立したという『風土記』の時代から、おそらくは百年近くも後のことだからです。

読みにくさを我慢しながら読んでいくと、古代のさまざまな地誌や伝承がつぎつぎと展開されてきて、興味をそそりました。

「常陸国風土記」の「行方の郡」の記述は、他の郡より特段に長く、物語や伝承などが記述されています。その終わり近くに次の一節があります。

> 「其の南に田の里あり。息長足日賣《おきながたらしひめ》の皇后《おおきさき》の時、此の地《ところ》に人あり。名を古都比古《こつひこ》といふ。一度《ひとたび》韓国《からくに》に遣はされぬ。其の功労《いさお》を重《おも》みして田を賜《たま》ひき。因《よ》りて名づく。又、波須武《はずむ》の野《の》あり。倭武《やまとたける》の天皇《すめらみこと》、此野に停宿《やど》りて、弓弭《ゆはず》を修理《つくろ》ひたまひき。因《よ》りて名づく。」（前掲書・六三頁）

「息長足日賣」は神功皇后、「古都比古」は、神功皇后にしたがって、三韓征討にいったと伝承されている人物。褒美《ほうび》にもらったとする「田の里」とは、岩波前掲書の頭注によれば、「遺称地はないが、麻生町の北部(旧大和村)の地に擬せられる」とあり、また「波須武の野《はずむの》」は、同じく頭注に「遺称地はないが、麻生町小牧(旧大和村)附近に擬している」と記されています。「遺称地」とは、考古学上の遺構とか、遺跡があったと伝承されてきた場所ということです。行方市役所の生涯学習課から届いた『麻生町史』の「『常陸国風土記』の行方郡」の項の記述は、麻生町域関係に関わる部分を分かりやすく解説したものでした。

「常陸国風土記」の頭注を読んだ時、大和村の小牧、つまり鉾薬師のあったあたりを含め、百二十年も前の人が、あらたな合併村の名を「大和村」としたことが、なんとなくわかるような気がしました。それは、この一節の最後のところに登場する「倭《やまと》武《たける》の天皇《すめらみこと》」にも関係するように思いました。

私は「常陸国風土記」に、とりわけ「行方郡」の記述の中に登場する「倭武《やまとたける》の天《すめら》皇《みこと》」という、名前を見つけてびっくりしました。『日本書紀』にも『古事記』にもない天皇です。これは、やがて任地で病死する日本武尊《やまとたけるのみこと》ではないのです。反抗する土着の勢力を平定しながら、生きいきとして、みちのくに進んでいく、王者としての「天皇《すめらみこと》」なのです。「大和村」と名付けた人たちの中に、こうした伝承を誇らしく思っていた人がいたのであろうと推測します。どうしてこのような伝承が「常陸国風土記」にあり、「倭武《やまとたける》の天皇《すめらみこと》」がどうして悲劇の皇子にさせられたのか、岡野辰之介の生地探しの中で、思いがけなく登場してきた古代史の疑問に、私はいつまでも捕われていました。

4

岡野辰之介は、数奇な生涯をもった人物です。

明治三十七年七月、日露戦争の開始（同年一月）から半年後に、巣鴨監獄の看守となり、二年三ヵ月後の明治三十九年十月に看守をやめ、社会主義運動に飛び込んでいきます。岡野が看守をやめるきっかけとなったエピソードが、吉川守圀の『荊逆星《けいぎゃく》霜史』（青木文庫・一九五七年八月十五日）に描かれています。

堺利彦が、週刊『平民新聞』の筆禍事件で、発行編集者としての責任を問われ、軽禁錮三ヵ月の判決で、巣鴨監獄に四月二十一日に入獄し、六月二十日に出獄しましたが、「獄裡の枯川先生」（枯川は堺のペンネーム・引用者）と題した、「一看守」とした岡野の次の一文は、堺利彦入獄中の『平民新聞』第二十八号（明治三十七年五月二十二日）に掲載され、のちに吉川守圀がその著書の中で紹介したものです。

「巣鴨監獄に先頃に入獄した囚人がある。……本職が一日其前を通ると、英書を繙《ひもと》きて居るので、不図立止って見ると、側にナッタルの辞書と和製の書物が一冊置いてある。珍しい人だと思って房の入口に掲げてある札（札は左の襟に縫着けてある真鍮の小型の番号札と同じく一九九〇と書いてある）に目を附けた。此の札の上部は板もて覆はれて、其処は氏名、罪科、犯数等が記されてあるので好奇心に駆られて、無造作に此の板を排して見て、我は忽ち一種無量の感に打たれて、其の前を立ち去れなかった。嗚呼此の人こそ、平民の味方、社会の改革者、非戦論の唱首、巡査、看守の良友として吾等が畏敬する枯川先生其人であるのだ。……寧ろ我も罪を敢てして先生の様な境遇にならうか、否夫は不可能事である。そは分房に独座せしめて、役業に就かしめず、書物を見せて置かる丶様な罪を犯すには、我が学問素養が余りに不足だからである。」（二七頁〜二八頁）

長い引用でしたが、それは次の理由からです。「岡野は間もなく看守の職をやめて一身を運動に投じた。」（二八頁）と『荊逆星霜史』もいうように、巣鴨監獄での堺利彦の姿に感動した岡野辰之介は、翻然《ほんぜん》として社会主義に目ざめ、堺の門下生として、その指導のもとに活動していく、その発端の、重要な出会いの場面だったからです。

堺利彦についての精緻《せいち》な評論で、読売文学賞を受賞した、黒岩比佐子の『パンとペン—社会主義者・堺利彦と「売文社」の闘い』(講談社・二〇一〇年十月七日)も、このエピソードを引きながら、「獄中で読書に励む堺の姿に敬服した岡野は、看守をやめて社会主義運動に身を投じた」(二五二頁)と書いています。

だが、岡野辰之介の社会主義への関心と自覚、運動へのふみ出しについて、まったく見落とされていることがあります。とくに重要な次の二点を指摘しておきたいと思います。

一つは、週刊『平民新聞』の、財政強化の訴えに対して、二回にわたって、本名の岡野辰之介の名前で三十銭ずつのカンパをしていることです。それが『平民新聞』第四十五号(明治三十七年九月十八日)と第五十二号(明治三十七年十一月六日)に発表されています。これは、巣鴨監獄の看守になった直後であり、カンパを恐れげもなく本名で出していることなどは、驚くべきことです。岡野にはすでにこの頃から、社会主義への関心と共感があったことを示すものです。

週刊『平民新聞』は、創刊直後の明治三十六年十二月二十日付第六号に、「奮起せよ巡査諸君」という無署名のアピールを第一面トップに掲載したことがあります。東京に出てきて巣鴨監獄の看守となった岡野辰之介が、どこかのミルクホールでこの一文を読み、広い意味では警官と同業である看守の立場からしても、深い共感を受けたのかも知れません。当時のミルクホールには、さまざまの新聞をとり揃え、客が自由に閲覧できるようになっていたのです。石川啄木が「大逆事件」の勃発後、社会主義思想の獲得のために通った、神田仲猿楽町の藤田四郎の豊生軒なども、そうしたミルクホールの一つでした。

岡野が、前述の「獄裡の枯川先生」の一文の中で、「巡査、看守の良友として吾等が畏敬する枯川先生」といっている気配の裏には、「奮起せよ巡査諸君」の記憶が、はりついているように思えてなりません。

もう一つは、もっと驚くべきことです。それは、明治社会主義運動の中央機関紙として発行された、週刊『平民新聞』、週刊『直言』、半月刊『光』などに、著名なコラムとして引き継がれていったものに、「予は如何にして社会主義者となりし乎」があります。幸徳秋水・堺利彦・片山潜をはじめとして、当時の錚錚《そうそう》たる社会主義者が、このコラムには名を連ねています。そこに、岡野辰之介も登場しているのです。それは、週刊『平民新聞』第四十五号（明治三十七年九月十八日）に掲載されたものです。「獄裡の枯川先生」を書いた二ヵ月後のことで、もちろん、現職は巣鴨監獄の看守です。この一文は詳細を極めた前掲の『パンとペン』でもとり上げてなく、ほとんど知られていません。しかし、きわめて重要な資料ですので、少し長いのですが、全文を紹介しておきたいと思います。

●予は如何にして
　社会主義者となりし乎

▲・岡野辰之介氏（府下池袋）　僕の家の身代は、僕が幼少の時より、ダン〳〵減り始めて、僕が十六七歳の頃には、大分生活も苦しく成《ママ》って来た。其の時の事

である。僕が父の農事を助けながら、深く地主の横暴非道を憤慨したのは。而して此の憤慨から僕は、「何時か地主の顔を見返して遣らう」との考へを起し、此の一念に駆られて東京へ飛出して来たのである。

爾来、僕は耻《ママ》しながら、「高位高官」「高い年俸」と云ふ八字を、前途の標的として、孜々として止まなんだのであるが、一夜青年会館に於て安部先生（安部磯雄・キリスト教社会主義者。引用者）の演説を開き（聞きの誤植）、翻然として悟った。

地主の顔を見返さんが為に、政府の犬となり、権威豪奢に誇らんよりは、地主と資本家の横暴に泣ける憐れむべき人々の友となり、彼等を救ふ為に働かんと決心した。

是れ、僕が社会主義に近づくに至りし、最初の動機である。（句読点・引用者）

岡野辰之介の、この一文を読むと、岡野の社会主義への接近が、巣鴨監獄での堺利彦との出会いによるとだけいうことは、いささか浅薄といえます。岡野の思想形成は、小作農というその出自における、差別と貧困に深く根ざしたものでした。岡野は、社会主義を、頭で理解する前に、体で感じとっていた、といえそうです。このことは、田島梅子の社会主義思想の獲得を考えるうえからも、重要なことであると思っています。

第三章　「かくめいの其一言に恋成りぬ」

1

田島梅子が、どのような経過で岡野辰之介と知り合い、熱烈な恋愛におちていったかは、現在のところまったくわかりません。中澤市朗の研究も、梅子の兄泰助もそのことについては何も明らかにしていません。

すでに述べてきたことですが、梅子に社会的な目を開かせたのは兄の泰助でした。週刊『平民新聞』を読ませたり、また幸徳秋水の著書『社会主義神髄』なども、梅子に読ませたりしたことが伝えられています。また、文学への関心も同時に強め、明治三十九年から四十一年頃にかけて、当時の著名な投稿雑誌『新声』や『文庫』にも、

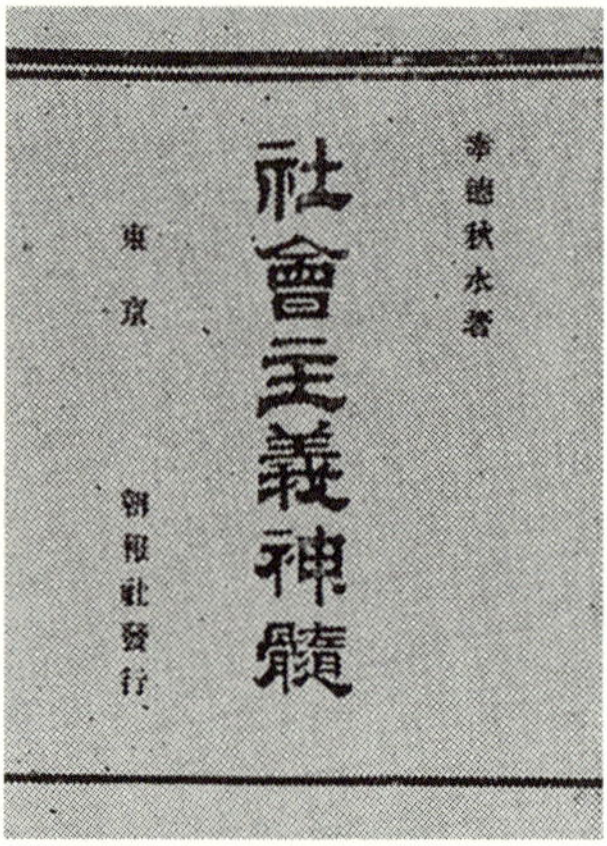

幸徳秋水著『社会主義神髄』
（明治36年7月）

兄妹で作品を投じたことについては、すでに述べてきました。

週刊『平民新聞』の廃刊後、後継紙として、週刊『直言』（明治三十八年二月五日～同年九月十日）や、『光』（明治三十八年十一月二十日～三十九年十一月二十五日）などが相次ぎますが、いずれも明治政府の発禁弾圧などによって短命で歴史的使命を終わらざるを得ませんでした。

こうした中で、態勢をたて直した社会主義者たちが、日刊『平民新聞』をあらたな旗印として創刊したのは、明治四十年一月十五日でした。この日刊『平民新聞』も三ヵ月後の四月十五日にはまたまた発行禁止の弾圧によって、廃刊を余儀なくさせられます。週刊『平民新聞』を読んでいた田島兄妹が、この日刊『平民新聞』も読んだかどうかは、今のところまったくわかりません。新聞の配布ルートなどもたない秩父の

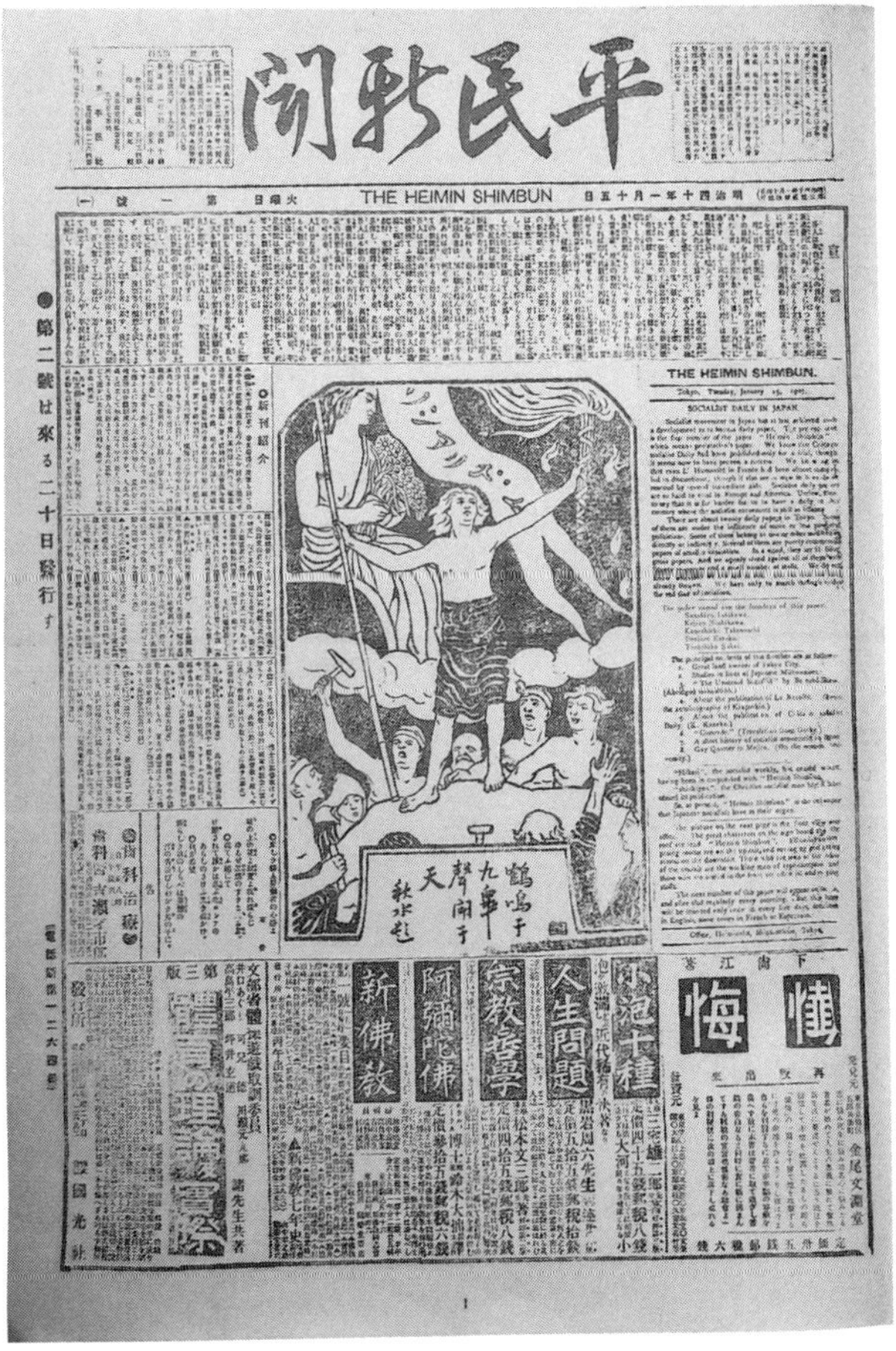

平民新聞

THE HEIMIN SHIMBUN

明治四十年一月十五日　火曜日　第一號

宣言

THE HEIMIN SHIMBUN.

SOCIALIST DAILY IN JAPAN.

●第二號は來る二十日發行す

鶏鳴于九皐聲聞于天　秋水題

懺悔

小泡十種

人生問題

宗教哲學

阿彌陀佛

新佛教

日刊『平民新聞』創刊号（明治40年１月15日）

山間で、もし日刊の『平民新聞』を読むとすれば、幾日か遅れて届く、郵便にしか頼るほかはなかっただろうと想像されます。週刊『平民新聞』で目を開いた田島兄妹が、その後の社会主義機関紙にまったく無関心であったとは、考えられないことです。私の今のところの推測は、郵便による購読が、一番可能性があるように思います。

私がそうした想像に強くとらわれるのは、田島梅子と岡野辰之介との、最初のかかわり合いは、この日刊『平民新聞』の記事を通じてではなかったか、という仮説をもっているからです。

日刊『平民新聞』には、創刊一週間目ぐらいから目を瞠《みは》るような長編の連載が開始されていました。それは、「赤絆天」名による二十一回に及んだ、「『帯剣』の囚徒―看守生活の実状―」でした。日刊『平民新聞』第七号（明治四十年一月二十五日）掲載の連載第一回の書き出しは、次のようなものです。

「今日の監獄は、貧者弱者の避難であって其所《そこ》に収容せらるゝものに二種類ある。一は地主資本家より衣食の自由を掠奪せられて遂に罪を犯すに至れる囚人であるが、此囚人は却って衣食住の点に於て兎にかく安全の保證を附せられて居《お》る。他の一は自由の民である、特別の待遇を受くる官吏ではなく、彼等は生活の自由なく、職業の保證なく、重い責任と酷《きび》しき束縛を受け長時間の職務に従事する看守である。」

この書き出しだけからも、執筆者の「赤絆天」が何を明らかにしようとしているかは、おおよそ見当がつきます。一言でいえば、国家権力を維持するための装置としての、監獄における露骨な階級性を明らかにし、糾弾しようとしたものです。

「赤絆天」は、この長編評論によって、監獄における看守とは、見たところは警官と同じく、西洋風の刀剣――サーベルを帯びて、権力の末端にいるようであるが、その実態は、犯罪を犯して監獄に収容され、自由も人権も奪われた囚人といささかも変わらないことを、くり返し強調したものでした。看守とは、まさに帯剣した囚人にほかならないというわけです。

この連載の最終回（二十一回目）は、日刊『平民新聞』第三十六号（明治四十年二月二十八日）です。「赤絆天」は、この最終回の論文の最後を次のような言葉でしめくくっています。つまり結語です。

「今や将《ま》さに、国家は吾が多くの同志を罪せんとして居る。余は、此等の同志の拘禁《こうきん》に依りて、多くの囚徒が、この霊光福音（社会主義のこと・引用者）に接することを、信じて疑はないのである。此不言不語の伝道によりて覚醒せられたる元の帯剣の囚徒赤絆天《あかばんてん》は又の名を岡野辰之助と云《いう》（終）」

私は、この最後の最後に「赤絆天《あかばんてん》」とは「岡野辰之助」であると〝自白〟しているところまで読んで、じつにびっくりしました。そして、岡野辰之介は、このような大連載を書く筆力をもっていたのか、ということをあらためて認識させられました。「『帯剣』の囚徒」の筆者が岡野辰之介であり、そのことに強く印象づけられた田島梅子が、例の週刊『平民新聞』の岡野辰之介の「予は如何にして社会主義者となりし乎」をあらためて読み返したであろうか、などという空想が、私にとって、日が経つにしたがって現実めいて思われてくるのです。

田島梅子と岡野辰之介との結びつきの具体的な糸が、まったく見つからない現状の中で、私自身を納得させ得る一つの仮説を、以上のような経過で追ってみたものです。

2

世を呪ふ血潮は燃えぬ漲りぬ吾れ二十年《はたとせ》の今日此胸に　　田島梅子

巣鴨監獄の看守を辞めた岡野辰之介は、一、二ヵ月の失業を覚悟していたところ、堺利彦に拾われて、平民社に就職し、日刊『平民新聞』創刊の編集部の一員として名を連ねました。すでに岡野の名前は、運動の分野で広く知られるようになっており、堺利彦門下の「番頭格」（『堺利彦全集』第六巻・二一六頁）として、自他ともに認めるところとなっていました。

ところが、日刊『平民新聞』は、明治政府の苛烈な弾圧により、とうとう三ヵ月で発禁となってしまいました。岡野は再び失業してしまいます。そこで、その頃、下宿屋の盛んだった巣鴨、大塚あたりで学生、勤め人相手の下宿屋をはじめたものの、大きな下宿屋との競争に敗れ、わずか一年五ヵ月で廃業に追い込まれてしまいました。
当時、片山潜が中心の『社会新聞』は、創刊第一号（明治四十年六月二日）の「同志の消息」欄で、「岡野辰之介君」として、次のように報じていました。

「小石川区大塚に於て、素人的小下宿業を営み来りしが、近来同所附近は、支那学生当て込みに、大資本を有する営業続出して、大《おお》勉強を為す故、到底、存続する能わず、本月廿五日限り廃業する筈（五月十九日）」

田島梅子が、岡野辰之介と文通をはじめたのは、すでに述べたごとく、私は明治四十年のはじめ頃からと推定していますが、それから、梅子が上京したと考えられる明治四十一年の秋頃にかけて、岡野は、困難な生活の中にありながら、その資を得るために（おそらく梅子の上京を迎え入れるためにも）旺盛な執筆活動を続けていました。

ところで、明治社会主義運動の大きな旗じるしであった、日刊『平民新聞』の発禁・廃刊後も、情況に屈せず、次のような社会主義を掲げる新聞が相ついで登場しました。

『世界婦人』（週刊・明治四十年一月一日〜四十二年七月五日）

『熊本評論』（半月刊・明治四十年五月二十日〜四十一年九月二十日）

『大阪平民新聞』（のち『日本平民新聞』と改題・半月刊・明治四十年六月一日〜四十一年五月二十日）

『社会新聞』（週刊・明治四十年六月二日〜断続的に約五年間）

明治四十年（一九〇七年）における、こうした昂揚を支えた客観的条件は、社会的矛盾の激化の象徴としての、労働運動などの昂揚でした。二、三の例を年表でひろいあげてみます。

○足尾鉱山の暴動事件（明治四十年二月四日）――インフレによる実質賃金の低下に

もかかわらず、会社側は賃金ストップの挙に出たため、暴動となり、栃木県警がおさえきれず、高崎連隊が出動して鎮圧。六百人が検挙された。

○三菱長崎造船所争議（明治四十年一月十六日）――時短と賃上げ要求。三回にわたって、七百人、五千人、五百人の相つぐ大規模争議。

○幌内炭鉱スト（明治四十年四月二十八日）――千七百人の賃上げ要求スト。

○別子銅山暴動（明治四十年六月四日）――物価騰貴にもかかわらず賃下げをした。賃上げ要求と解雇反対。軍隊が出動し鎮圧。

○活版技工組合（明治四十年十月～十一月二十三日）――賃上げ要求などで二十工場、七百人スト。

こうして、明治四十年のストライキ件数は、「第一次世界大戦前のピーク」となったのでした。『社会・労働運動大年表』（大原社研編・労働旬報社・一九九五年六月三十日）は、この激動の本質について、次のように指摘しています。

「日露戦争を前後する時期、重工鉱業の大経営は、飛躍的発展をとげ、そこに働く労働者を急増させた。日露戦争の前から始まっていたストライキの動きは、戦後、労働者の解雇・賃下げ・物価の上昇のもとで〈騒擾《そうじょう》〉や〈暴動〉として一挙に爆発した。一九〇七年（M40）には、家内工業等のストもあわせて、二三八件の争議が発生、第一次世界大戦前期のピークとなった。」（一二五頁）

明治四十年（一九〇七年）における、こうした社会的激動と昂揚の中で、各種の社会主義的新聞の創刊の動きは、明治初期社会主義運動の主軸の動きとして、十分注目すべきことです。

しかし、こうした動きに深刻な危機感をつのらせた、明治の天皇制絶対主義の権力は、社会主義運動に激しい弾圧を継続しながら、明治四十三年（一九一〇年）の「大逆事件」の虚構の網の中に、その主力をからめとっていくことになるわけです。

話はやや横道にそれますが、明治四十一年（一九〇八年）一月四日に、石川啄木が、小樽の寿亭で、社会主義者西川光二郎（当時『社会新聞』に所属）の演説会に参加し、その講演を聞き、大きな影響を受けました。それは、前述したような、明治社会主義運動の主軸の昂揚との関係で考えるならば、まさに、その飛沫を浴びたともいうべきことでした。やがて啄木が、「大逆事件」に取り組むこととなっていくのは、必然の筋道とさえ思えてくるのです。

話を元に戻せば、岡野辰之介は、前述のような社会主義関係の種々の機関紙に、ほとんど執筆していることは、驚くべきことです。そのすべてをあげることはできませんが、主なものをいくつか拾ってみます。

『世界婦人』関係

①「引越」第十七号（明治四十年九月十五日）岡野活石

②「僕の幼時」第十九号（明治四十年十一月十五日）岡野生

③「犠牲」第二十二号（明治四十一年二月五日）活石子
④「吾が叔母病む」第二十四号（明治四十一年四月五日）岡野活石
⑤「故郷に襤褸」第三十一号（明治四十一年十二月五日）岡野活石

『社会新聞』関係

⑥「下宿営業失敗の記・上中下」第五号〜第八号（明治四十年六月三十日〜七月二十一日）岡野生
⑦「巣鴨村」第十二号（明治四十年八月十八日）岡野生
⑧「憐れなる女工なり」第二十二号（明治四十年十月二十七日）岡野活石
⑨「あゝ少年労働者」第二十五号（明治四十年十一月十七日）岡野活石

『熊本評論』関係

⑩「獄中の緒姉」第二十九号（明治四十一年八月二十一日）活石生
⑪「東京より」第二十二号（明治四十一年五月五日）岡野辰之介
⑫「同志の消息」第二十五号（明治四十一年六月二十日）岡野辰之介

⑬「松茸の当年」終刊号・第三十一号（明治四十一年九月二十日）岡野活石

『日本平民新聞』

⑭「工場日記㈠㈡㈢」第十号〜第十二号（明治四十年十月二十日〜十一月二十日）

⑮「労働者の見るところ」第十四号（明治四十年十二月二十日）

⑯「労働者と母」第十五号（明治四十一年一月一日）

こうした岡野の執筆活動を眺めてみると、岡野は、機関紙ごとに主題を定めているようです。たとえば、『世界婦人』では身近な問題、『社会新聞』では社会、労働問題、『熊本評論』では、主として社会主義運動の面から——といった具合です。

私の注目するのは、明治四十一年秋から田島梅子と同棲し、翌年春、正式に結婚することになる岡野が、家計を支え、病身の梅子の執筆活動を支えるために、力闘している姿です。

岡野と生活をともにした梅子は、岡野の書いた作品は、すべて目を通したことでしょう。文学で立とうとしていた二十一歳の梅子にとって、岡野の旺盛な執筆力は、多分、強い刺激剤になったに違いありません。

3

かくめいの其一言に恋成りぬえにしの糸は真紅のほのお　田島梅子

田島梅子の残した、短歌作品や小説作品はきわめてわずかです。しかし、とくにその短歌作品には、高潮した恋愛感情や、それと結びついた革命の願望が歌われています。その田島梅子の恋愛観とは、どのようなものであり、どのようにして形成され、発展したかを明らかにすることは、梅子の全作品の骨格をなす問題でもあり、きわめて重要だと思います。

田島梅子が兄泰助から、大きな思想的影響を受けて成長してきたことについては、たびたびふれてきました。兄泰助は、週刊『平民新聞』や、幸徳秋水の著書などを少女の梅子に送って、読むようにすすめ、梅子の進むべき道を、人生の出発点からたしかな方向のものにしたいと願ったのだと思います。当然、『平民新聞』にも女性解放の視点に立った多くの主張や論文が掲載され、梅子もそれらを関心をもって読んだと思われます。

たとえば、のちに梅子の思想と文学の師となった堺利彦が、「家庭に於ける階級制度」という文章の中で、「男女関係の第一の要義は愛である。然るに今の社会から生活問題を取去らぬ限りは、決して真実の愛の結合を見る事は出来ぬ。」といったことや、また、幸徳秋水が「婦人と戦争」(週刊『平民新聞』第十五号・明治三十七年二月二十一日)の中で、「予は従来の如く婦人の地位低く権利利益が男子に蹂躪《じゅうりん》されたのは、主として戦争の結果であると思ふ。……その結果婦人は全く男子の奴隷となった。」という主張を、日露戦争の中で、読んでいたかも知れません。

しかし、ここで取り上げたいのは、田島泰助が妹梅子に送って読むことをすすめたという、幸徳秋水が明治三十六年（一九〇三年）七月に刊行した『社会主義神髄』についてです。この著書は、岩波文庫でも出ていますが、ここでは、わかり易く神崎清が訳したものを引用したいと思います（『世界の名著　幸徳秋水』中央公論社・一九七〇年八月二十日）。

『社会主義神髄』は七章からなり、最後にごく短い五編の「附録」なるものをつけていますが、最後の最後をかざって「社会主義と婦人」がおかれています。表題のように、婦人問題を社会主義との関連で論じたものです。


「従来の社会組織は、婦人に教育をあたえなかった。婦人に財産をあたえなかった。婦人の独立をゆるさなかった。婦人は、男子の玩弄物であり、奴隷であり、寄生虫にならなければ、生きることのできないものだ、と宣告したのであった。」

「今の社会は、社会協同の社会ではなくて、自由競争の社会である。自他相愛の社会ではなくて、弱肉強食の社会である。」

それゆえに、二十世紀における婦人問題は、じつに重大な問題であると、秋水は強調してやみませんでした。そして、この論文のテーマである「社会主義と婦人」について、次のように断じたのです。

「彼女らをして平等の人間にさせなければならない。その知識と財産とにおいて、独立をえさせなければならない。そして、これを実現するには、ただ現在社会の自由競争の組織を変革して、社会協同の組織とするほかはない。他人を犠牲にすることなくして、独立することのできる組織とするほかはない。これが、すなわち、社会主義の実行である。」（前掲書・二六二頁）

梅子は、この『社会主義神髄』によって、二十世紀がどうなければならないか、そして自分はどうすべきか――自己認識――をはっきりさせたことと思います。「自他相愛」は社会主義を志すものの、愛の姿です。それは自由恋愛といっても大きく間違いではないでしょう。恋愛は、社会主義を目指すものの最初の自己選択――試練――と梅子は考えたのではないかと思います。

梅子は、自分にとっても可能な――現に進行している岡野への恋心も――社会主義への実践目標としての恋愛として、位置づけたのかも知れません。本項の最初に掲げた梅子の歌を、もう一度読み直してみます。

かくめいの其一言に恋成りぬえにしの糸は真紅のほのお

これを読むと、恋と革命を、恋愛と社会主義を、等号で結んで歌っているのがわかります。

革命に熱意をもつことは、熱烈な恋愛と矛盾しないどころか、それは一体的なものとして、若い梅子はとらえたのだと思います。梅子が十九歳の時、岡野を頼って思い切って上京したのは、この二つの情熱の結合した行為であり、梅子にとっては、自分に忠実な当然の選択であった、と考えても不思議ではありません。

梅子が亡くなる年に書いた、短編小説に「若き妻より夫へ」（『衛生新報』明治四十四年三月）があります。新婚早々の妻が、病気のため転地療養に出かけ、夫と別れた日から十日間、毎日のように手紙を書いて夫に送るという形式のものです。この作品は、結婚したばかりの主人公の、夢のような恋心を日々追ったもので、小説としては甘さをもったものですが、しかし、二十二歳の作者は、自らの恋愛から結婚までの心理を重ねながら、愛の真実を語ろうとしています。何のてらいもなく、真率に、真剣に、夫を恋う心を描いています。その素純

梅子の兄泰助（上吉田小学校長時代・40歳）

な心情は、そのまま梅子の社会主義への憧憬ともなっているような気がします。

『明星』の浪漫主義は、「星菫派」ともいわれるように、天上に憧れていました。しかし、梅子の浪漫主義は、地上の社会主義に憧れていたといえます。『明星』浪漫主義は土の匂いがなく、梅子の浪漫主義は、秩父の山間の、父祖伝来の土の匂いをもったものでした。

第四章　「大逆事件」の渦の中で

——夫とともに——

1

明治四十年（一九〇七年）には、労働争議やストライキが激発し、支配階級に深刻な危機感を与えたことについては、すでに述べてきました。そのため、明治政府による労働運動、社会運動への弾圧は、一段と苛烈なものとなり、徹底したものとなってゆきました。

三年後の明治四十三年（一九一〇年）の「大逆事件」は、突如として起こったものではなく、こうした絶対主義的天皇制の、体制的危機感による狂暴な治安対策と深く関係したものでした。

「大逆事件」の導火線として、一般的には「赤旗事件」が指摘されていますが、「赤旗事件」の前段に、「金曜会屋上演説事件」が、さらにその導火線としてあったことを指摘しなければなりません。それは、岡野辰之介にとっても、田島梅子にとっても、陰に陽に、かかわりをもつものでした。

初期的段階にあった明治の社会主義運動は、明治四十年（一九〇七年）の日本社会党の第二回大会で、「直接行動派」（俗称硬派）と、「議会政策派」（俗称軟派）とに別れて対立、抗争し、堺利彦の折衷案でなんとかまとまったものの、両者の矛盾は深まっていく状態でした。堺利彦は、幸徳秋水との友情から、「直接行動派」の中に身をおきました。こうした情況の中で、具体的な大衆行動などを禁止された「硬派」は、「金曜会」をつくり、講演会中心の活動をすすめることにしました。

明治四十一年（一九〇八年）の一月十七日の金曜講演会は、会場が官憲の妨害で二転三転し、ようやく社会主義者である熊谷千代三郎が経営する、本郷弓町二丁目一番地の、平民書房の二階を借りて開かれました。堺利彦が二階の窓から顔を出し、演説を始めた途端、「弁士中止！」「解散！」と官憲の命令が浴びせられ、道を埋めた聴衆とのもみ合いとなり、騒ぎが大きくなりました。堺利彦や、それに続いた山川均が、官憲の暴挙を糾弾、労働者の時代の到来を訴える熱弁をふるって、二階から降りたところを、警官隊と乱闘になり、堺利彦、山川均、大杉栄を含む六人が逮捕されました。平民書房には屋上はありませんでしたが、窓から身を乗り出しての堺利彦の演説は、下から見ると、いかにも屋上で熱弁をふるっているように見えたので、新聞は「屋上演説事件」として書きたてました。この事件で堺たちは、軽禁固一ヵ月半となりました。これが「金曜会屋上演説事件」です。

岡野辰之介は、聴衆の中にいました。警官が堺らを逮捕しようと大騒ぎになった時、岡野辰之介はいちはやく、群衆の中をかけめぐって、堺利彦の妻為子を探し出そうとしていました。岡野は為子を見つけましたが、このことは、堺の門下生としての岡野の、とっさの気配りを示したものでした。この場面は、守田有秋が『日本平民新聞』第十七号（明治四十一年二月五日）に、「金曜講演迫害記」として詳細に書いています。

この事件の起こった、平民書房の所在地である本郷弓町二丁目一番地は、一年半後の明治四十二年六月十六日に、石川啄木が北海流離で別れ別れになった一家を迎えて生活をはじめた、弓町二丁目十七番地の喜之床とは目と鼻の先でした。「大逆事件」に向かって、一条の水脈《みと》を引くことになる発端の「屋上演説事件」と、「大逆事件」によって、その思想と文学を画期的に発展させていくことになる、啄木の生活拠点が、こんなにも近接の地点にあったことは、歴史の一つの奇縁ともいうべきものです。

「大逆事件」の直接的な導火線となっていく「赤旗事件」は、「屋上演説会事件」の五ヵ月後の六月二十二日に起こりました。

この事件は、明治社会主義運動の一偉材であった山口孤剣が、一年二ヵ月の刑期を終えて出てきた時、その歓迎会が神田の錦輝館で開かれた時に起こったものです。この時、大杉栄や荒畑寒村、百瀬晋らが、「無政府共産」「無政府」「革命」と書いた赤旗をかついで場内をかけめぐったのが発端で、旗を奪おうとする警官隊とついに乱闘となり、管野すが子、押川マツ子、木暮れい子、大須賀さと子をはじめ、堺利彦、大杉栄、山川均、荒畑寒村など、女性四人を含め十四人が一網打尽にされました。

この事件の判決は、女性が無罪となったものの、堺利彦は重禁固二年六ヵ月、その他も重禁固二年、一年など、「屋上演説事件」とくらべても比較にならないほどの苛酷なものでした。

無罪になったとはいえ、管野すが子などに対する取調べは峻烈を極めました。このことは、のちに「大逆事件」で逮捕された、管野すが子の取調べ担当検事の武富済が、かつて「赤旗事件」の管野担当でもあったことから、管野すが子は、「今此場ニ於テ貴官ヲ殺スコトガ出来ルナラバ殺シマス　爆弾カ刃物ヲ持ッテ居リマスナラバ決行シマス」（『管野須賀子全集３』・一九五頁）と、明白な「殺意」を公言するほどでした。このことからも、「赤旗事件」の管野すが子への取調べが、いかに人権を無視し、屈辱的で、暴力的なものだったかということを知ることができます。

堺利彦は九月に、千葉監獄に入獄し、金曜会も全滅してしまいます。しかし、堺利彦は一年二ヵ月を獄中に居たため、「大逆事件」の被告とならず、生きのびたことについては、すでに述べてきた通りです。

堺利彦の入獄により、堺門下の「番頭」格の岡野辰之介の役割りが急増しただろうことは想像に難くありません。堺との面会や差し入れ、他の獄中の同志との連絡などなど、岡野は身動きのできないほどの多忙さに追い立てられていったはずです。あれほど社会主義関係の新聞に精力的に書いていた執筆活動も、『世界婦人』の十二月五日付作品「故郷に繿縷」を最後に、一切見られなくなりました。

ここまで書いて、ふと思いついたことがあります。それは、田島梅子の明治四十一年秋の上京は、梅子の岡野への慕情の止みがたさもさることながら、あるいは岡野の思想と運動の師である堺利彦の入獄によって生じた、新しい事態に対応するために、岡野が、田島梅子に手助けを求めたのではなかろうか、ということです。愛する岡野の懇請を、梅子は飛び立つ思いで受けとめたであろうと考えられます。梅子がある日、恋する思いが一途につのって上京した、と考えるより、こう考えたほうが、はるかにリアリティがあるように思います。

2

田島梅子の作品——短歌と短編小説の中で、執筆年月がはっきりしているのは、八編の短編小説だけです。そのうちの七編は、すべて明治四十四年(一九一一年)の雑誌『衛生新報』に発表されたものであり、他の一編は、梅子の死の二ヵ月前、堺利彦が自著『天下太平』(明治四十五年六月)に収録したものです。

梅子が短い生涯に、どれだけの短歌をつくったかは、まったく見当がつきません。ただ、堺利彦が、梅子の死を悼んで、編著『売文集』（明治四十五年五月）に、「片見の歌」として三十七首を選出していますが、その最後に、次のようなことを付記しています。

「堺生云。梅子君の遺した歌は凡そ五六百首もあるが、私はズットそれに目を通して、気に入ったのを是だけ撰り出した。歌に目のある人が撰んだなら、まだ外に澤山良いのがあるに相違ない。梅子君は確に一廉《ひとかど》の歌人であった。」（傍線・引用者）

おそらく、堺利彦は「片見の歌」を選ぶために、岡野辰之介から梅子の遺稿を借りたものと思われますが、その五、六百首もあったという遺稿は、現在見つかっていません。今日、歌人としての田島梅子の作品で、まとまったものとしては「片見の歌」

三十七首と、あとは兄泰助への手紙の中や、小説作品に書き込んだものぐらいで、それらはどう大目に見ても二十首を超えることはないと思います。堺利彦のいう五、六百首からいえば一割にもなりません。それにしても、新婚一年目ともいうべき、明治四十二年の作品をはじめ、ほとんどの作品の制作年月がわからないことは、歌人田島梅子の全体像を描く上で、大きな損失のように思います。

明治四十二年に限っていえば、岡野辰之介と田島梅子の夫婦にとって、師とたのむ堺利彦の入獄という事態の中で、予期しない日常生活に取り込まれる、という現実があり、創作活動に専念することができなかった、ということがあったのかも知れません。そのうえ翌年の「大逆事件」の勃発は、二人の日常をさらに激変させたに違いありません。

それを垣間《かいま》見るような思いにさせる資料があります。絲屋寿雄蔵、近代日本史料研究会刊の、ガリ版刷りの『社会主義者沿革』上・中・下巻（以下「沿革」と略・口絵参照）です。これは官憲の尾行をはじめ、信書の検閲などの、さまざまなスパイ活動によって、社会主義者の行動を微に入り細にわたって調べあげた報告書です。この下巻は、「明治四十二年八月以降同四十四年六月ニ至ル間」（「凡例」）の調査結果です。つまり、「大逆事件」をはさむ前後一年、ということになります。

「沿革」は「第四項社会主義の状勢」で、社会主義運動を「片山派」「西川派」「堺派（元幸徳派）」に三分類し、それぞれの社会主義者の行動を「時々ノ状勢」として、日付なしの見出し的な項目を頭注で出し、これらの項目について詳細で具体的な行動を記述する、というかたちとなっています。「大逆事件」の被告や、当局のスパイ活動の力点が「堺派（元幸徳派）」に向けられていたことから、「沿革」下巻は、全巻あげて堺派の行動を記述するような内容となっています。まず、日付なしの無感動のようなことがら記述の一つとして、早々に、次の言葉が登場してくるのは、注目を要します。

「岡野辰之助、田島『梅子』ヲ内縁ノ妻トス」

この見出しを頭注において、次のような本文があり、私を驚かせました。

「岡野辰之助ハ明治四十三年六月頃ヨリ埼玉県秩父郡小鹿野町大字小鹿野三十八番地田島泰助妹『梅子』ヲ内縁ノ妻ト為シ同棲セリ（泰助ハ四十三年七月二十八日（準）ニ、『梅子』ハ同年八月二十三日主義者に編入セリ）（傍線・引用者）

これは、当局のスパイたちがとらえた、田島兄妹の姿というわけです。岡野辰之介と田島梅子の結婚の年月などは、いい加減なものですが、「大逆事件」前から直後の時期に、明治の絶対主義的な天皇制の、治安警察のスパイは、田島梅子を歴《れっき》とした社会主義者としてマークし、兄泰助はそれに「準」ずるものとして、監視の対象としていたことを示しています。このことは、明治四十二年以来、具体的には堺利彦の入獄以来の、岡野辰之介の活動と一体化した梅子の活動は、官憲の目をみはらせるものになっていたことを示すものといえます。明治四十三年は、梅子二十一歳の時です。

梅子は、「大逆事件」勃発直後の七月に、脊髄カリエスのため、社会主義者の加藤時次郎の経営する加藤病院で手術をしました。生来病弱であった梅子は、堺入獄後における、夫との諸活動で病状を悪化させたのではないかと想像します。退院後も経過が思わしくないところから、九月に入って梅子は療養のため、故郷の秩父に二週間ほど帰りました。

堺利彦が、二年の刑期を終えて出獄してきたのは、明治四十三年の九月二十二日でした。したがって、田島梅子と堺利彦がはじめて出会うことになったのは、おそらく梅子が療養生活を切り上げて、秩父から帰京した、九月下旬頃だろうと推測されます。それ以来、梅子が死ぬまでのちょうど一年間、梅子にとっての堺利彦は、社会主義の思想と運動、小説の作法や表現についての導きの師となっていきました。

堺は獄中にいる時から、岡野と梅子の結婚のことについても、若い梅子の人となりについても、他ならぬ岡野からの報告で熟知していたことでしょう。また梅子も、愛

売文社の出発。前列左から堺真柄、堺利彦、高畠素之、後列左から大坂卯之助、岡野辰之介、堺為子、高畠初江（明治44年）

読した『平民新聞』の婦人論や恋愛論などに共感をもっていたことから、夫岡野辰之介の社会主義思想と運動についての師であったことからも、特段に堺利彦への敬愛と親近の念を抱いていたことは、兄泰助によせた手紙のはしばしにもあらわれていました。

出獄後の堺利彦のもとに折りにふれ訪れ、梅子は、その助言のもとに、創作活動にはげむとともに、その年の暮れに堺が開業した「売文社」の仕事を、夫の岡野とともに手伝うようになりました。

前述の『沿革』は、「堺利彦『売文社』ヲ設置ス」の項で、スパイ活動の結果を、誇らしそうに、次のように書いています。

「堺利彦ハ新聞雑誌ノ原稿、意見書、趣意書、広告文等ノ立案代作添削、外国語翻訳等、一般ノ需《もとめ》ニ応ズルノ目的ヲ以テ、明治四十三年十二月二十四日ヨリ、自宅門柱ニ『売文社』ナル看板ヲ掲ゲ、尚之《なおこれ》ヲ二、三新聞ニモ広告シ、其ノ当時ハ頗《すこぶ》ル繁盛《はんじょう》ヲ極メ、自己ノミニテハ之ニ応ジ難キヲ以テ、大杉栄、石川三四郎ニモ翻訳ヲ為サシメ、其ノ浄書ヲ、岡野辰之助及同人妻田島『梅子』ニ担当セシメタリシ」（句読点、一部当用漢字、傍線・引用者）

3

石川啄木が「大逆事件」に異様な関心を示し、白眉の評論「時代閉塞の現状」を書き、その短歌版ともいうべき「九月の夜の不平」三十四首を、若山牧水の雑誌『創作』（第一巻八号＝十月号）に発表していた頃、二十一歳の田島梅子は、脊髄カリエスの手術で入院し、その後は、故郷での療養生活で苦しい日々を送っていました。その中で梅子は、この「事件」に対する明治政府の狙いや、拡がりつつある社会主義者の逮捕の状況などについて、夫の岡野辰之介から毎日のように聞かされていました。

巣鴨平民社時代に、岡野は秋水のもとによく出かけ、そこで顔見知りとなった青年たちのほとんどが逮捕されました。ほかならぬ岡野や梅子が、「事件」の渦に巻き込まれる危険性さえありました。そうした緊張が、梅子の手術後の回復をひどく遅らせる原因にもなったと考えられます。

明治四十三年九月二十二日に、堺が出獄したことについては、前述しました。幸か不幸か、堺が二年間も獄中にあったことから、官憲側も、さすがに堺利彦とその周辺にまで、「大逆事件」の謀略の網をかけることはできませんでした。

東京に戻った梅子は、故郷の秩父での療養中に書いた（と私が推定している）二編の短編小説を堺に見せました。一編は処女作ともいうべき「何処へ？」で、他の一編は、懸賞小説として書いた「狂女」でした。堺はそのまま、つながりのあった、『衛生新報』に紹介し、十月号に二編が載りました。

「何処へ？」は、八百字ほどのごく短い作品で、筋立ても単純で、主人公の「私」

が、近所の廃屋にいた、ボロボロの印袢天《しるしばんてん》を着て、痩せ衰えた病人の老爺《ろうや》が、若い巡査に追い立てられてゆく様子を描いたものです。

「昔聞えた芸人の成《なれ》の果」ということを「私」は知って、深い同情を抱きます。社会的背景もない路上の一点景、といった作品です。

「嗚呼、若き日の歓楽は一瞬の夢と消えて、残ったのは其病苦のみ、……枕する処も無い今、うらぶれの姿を世に曝《さら》して、病苦と飢餓とに泣くも、一片のパンを与ふる者すら無い老人の運命を思ふて、呆然として居た。」

この表現からもわかるように、主人公「私」の詠嘆は、そのまま作者のものであり、作品は観念性の強いものとなっています。しかし、この短い作品は、最後の一行に「影の消える迄見送って居た私の眼には涙が溢れて居た。」という言葉を置いていますが、作者のヒューマニズムを強く滲ませています。

「狂女」のほうは、第一作よりはるかに作品世界が拡がって、作者の問題意識が、作品の主人公を通して、はっきりと知ることができます。

主人公「私」の友人、川島信子は「美しく淑《しと》やかな人の代名詞の様に思われて」いたのに、狂女となって精神病院に入院してしまったのです。その友人を見舞った時の「私」の見聞が作品の筋立てとなっています。父母を幼くして亡くした信子は、伯母に引き取られて育てられます。年頃になって、亡き母の甥である商船学校生徒の二郎に思いをよせるようになりますが、伯母はそれを嫌い、十八歳の信子に、父方の従兄《いとこ》を婿《むこ》として迎え結婚させます。信子は二郎に万感をこめた別れの手紙を書き送りました。信子にとっては、「無限の恨を胸に秘めて、若き身を、愛も無く恋も無い」絶望的な結婚でした。夫は酒乱で乱行はなはだしく、家にも居つかなくなりました。それでも信子は、「飽まで従順」でした。しかし、伯母が死に、流産などが原因でとうとう「強烈なヒステリーに犯され」、自殺さえはかるようになり、遂に精神病院に入院させられてしまうのです。

「私」は、かつての信子が、「天女の様に美しかった」のに、発狂した信子は、あまりにも変わり果てて、「眼は爛々《らんらん》、凄く光って血の気の無い青い凍た様な顔、生え散った眉毛は其顔を黒く隈取り、ゆるんだ唇から白い歯が見えるのも一層物凄い」姿を見せていました。

作品「狂女」は、四百字八枚半ほどのものですが、抗《あらが》うことも知らず、初恋も捨てて、従順そのものだった信子の、涙の半生を描いています。

作者の梅子は、狂女の姿をリアルに描くことにより、自我と主体性を確立できないとき、どんな悲惨な人生になるかを訴えようとしています。しかし、作品の社会的拡がりは乏しく、第一作より客観的な書き方となってはいますが、まだ観念性の強いものとなっています。

『衛生新報』明治四十四年一月号に発表した第三作「煙の行衛」は、おそらく堺利彦のアドバイスのもとに書かれたことは、ほぼたしかだろうと思います。内容、表現とともに、前二作とは格段のちがいがあるからです。

「煙の行衛」は、明治四十三年十二月はじめ頃の執筆と考えられます。この年の十二月二十四日付けの、岡野辰之介と田島梅子連名の兄泰助宛の手紙からの推測です。以下、その手紙を引用してみます。

「時に寒気漸く厳しく候処、御起居如何《いか》に被為入候哉《なされいりそうろうや》。小生漸く病気快愈、以前の頑健なる健康に復し候間、御休神下され度候、次に過般は梅子永らく逗留種々御厄介様に相成何とも謝辞無之《これなく》候帰京後も健康に候間御安心下され候様御願申し上候（以下一行半抹消）新聞で御存知にも候余が社会党の出動とかにて警戒を辱《かたじけの》ふし五月蠅《うるさ》きこと限りなし、万々後便（以上活石）」

「私丈夫で居ります。血色も非常に宜しくなりますし、第一風邪も引かずに居ると言ふのが何よりの健康のしるしです。衛生新報の一月号には、煙の行衛と云う私の小説が出る事になっています。彦翁（堺利彦）に大に煽動せられ、門出の祝として立派なペンと原稿用紙を送られました。是から大に書くつもりです。どうか御心配なさらん様に御両親様へお伝へを願います」（『田島梅子を偲ぶ――没後

八〇年記念集会・記念誌』所収）

　この手紙が書かれた日は、「大逆事件」の被告として起訴された、幸徳秋水以下二十六人の、大審院による秘密裁判が、十二回目の公判を終えた日です。あと四回で結審という局面でした。岡野の手紙の「一行半抹消」のところに書かれたものは、おそらく、上告も許されない、一回だけの大審院裁判への怒りだったかも知れません。私の想像では、信書の開封検閲を知っていた岡野が、筆が走りすぎたところを、用心のため消したのではないかと思います。社会主義者の「要視察人」に対する官憲の見えない姿につきまとわれている様子がわかります。

　また、梅子の文面は、堺利彦が梅子に期待し、励ましている様子をリアルに伝えています。梅子の三番目の小説「煙の行衛」に目を通したうえでのことでしょうが、「門出の祝」といったとすれば、本格的な作家修行の第一作として認めたということでしょう。梅子が堺利彦から送られた「ペン」とは万年筆のことにちがいありません。「万年筆が一般化するのは、41年の金ペン輸入以後であった」(『明治世相編年辞典』東京堂出版。一九九六年)といいますから、おそらく堺利彦は金ペンの万年筆を奮発して、期待をこめて梅子を励ましたにちがいありません。「是から大に書くつもりです」と昂ぶって書いている梅子の姿を想像することができます。

4

この血もてこの涙もて掩はなん世の戦ひにつかれし君を　田島梅子

堺利彦に、作家への出発の門出を祝われた、梅子の短編小説「煙の行衛」は、梅子の残した八つの短編作品の中ではもっとも長く、四百字詰め原稿用紙で二十枚ほどあります。

「煙の行衛」は、父母を亡くした主人公の影山秋子が、十六歳から世話になっていた、叔父の長男山村志郎と思い合うようになります。志郎は二十五歳で歩兵中尉。士官学校時代から、秀才と美丈夫で評判だった人物。志郎には、継母おけいの血につながる陸軍中将男爵の娘吉岡華子という許嫁《いいなずけ》がいます。おけいは、秋子と志郎を離れさせようとして、秋子に縁談を持ち込み、結婚を強要しますが、秋子はそれを拒否し、苦悩する志郎とも別れ、山村家を出て、朝鮮で新聞記者をしている先輩の小泉清子のもとに身を寄せるという筋です。

「煙の行衛」は、「上」と「下」との二つに別れています。「上」の部分では、主人公秋子と志郎、それに華子と叔母のおけいといった組み合わせの葛藤が描かれます。志郎は、偶然に入った秋子の部屋で、秋子が朝鮮の先輩に送ろうとした志郎との愛とその苦しさをめんめんと書き綴った手紙を発見します。心激して庭に降りた志郎は、そこに秋子が立っているのを見つけて、二人は遂げ難い恋を嘆き合うところで終わります。

「下」は、叔母の持ってきた縁談を、秋子がきっぱりと拒否します。叔母は憤然として、もうこの家にはおけないと宣告します。志郎が突然入ってきて、混乱した思いで二人は別れをします。秋子と同じ学校の出身で、姉とも頼む朝鮮の小泉清子のもとに秋子が出発する日、志郎は秋子を停車場で送ります。この小説は次の言葉で終わっています。

「列車が森の彼方に其姿を没しても、志郎は物静かな停車場に、獨悄然として、消えて行く煙の行衛を眺めて居た。」

この「煙の行衛」は、「狂女」とはケタ違いの、発展した作品となっています。表現が客観的となり、作者の目は冷静となっています。「狂女」にはまったくなかった、社会的な力関係が書き込まれています。陸軍中将で男爵という権門の許嫁の娘との問題は、山村志郎には強い圧力となっています。志郎の秋子への愛は、この圧力に抗し切れず、この小説作品では敗退していきます。しかし私には、この「煙の行衛」は、長編構想の序章のように思えるところがあります。こんな文章がその伏線のように最後におかれているからです。

「『もう……、お別れね……』と勝気な女も流石に声を呑んだ、志郎は忙しく云うた。『イヤ……、行くよ、必らず！……』秋子の顔は真青に成って、身体は木の葉のように戦慄した、吾れにも有らず握り合はせた手に渾身の力を込める。燃ゆる様な二人の視線が会った、其瞬間、猛烈な愛が眼から眼へ流れた。」

そうして、すぐ二、三行先に、作品のとどめとしての「煙の行衛」を見つめる志郎の姿を描いているのです。ここの表現を見る限り、私は、志郎と秋子に絶望を感じません。それは、遠い未来で出会う一つの予感となっている——と、思えるからです。梅子が二十二歳で死ななかったならば、必ず「煙の行衛」の続編を書いたであろうと、空想させるゆえんです。

「煙の行衛」では、「狂女」にくらべて、愛についても、恋の感情についても、そのとらえ方について、主人公は比較にならない発展を示しています。この作品の主人公景山秋子は、山村志郎との恋を貫くことはできませんでした。しかし、孤児の秋子を、数年間にわたって面倒をみてくれた志郎の継母おけいの縁談を、キッパリと拒否し、山村家を出ていく決意は、結局は、志郎との愛を守ろうとすることでもありました。これは「狂女」の主人公信子との決定的な違いです。

さきに引用した、梅子の明治四十三年十二月二十四日の手紙から三日後に、再び梅子は、兄泰助に手紙を書いています。

「（前略）来月は私の小説が二つの雑誌へのります。是から四、五年、大いに努力するんです。どうか四、五年後を御覧下さい。……決して御心配御無用、大に食ひ大に寝大に書いています……」

「枯川老（枯川は堺利彦の筆名・引用者）が大に力に成って呉れます。……近頃は書いては先生の処へ送っています。……近頃『金ちゃん』と云ふ者を書いたら、初歩の人としては円熟しすぎてる、小器用に書き過ぎた、是ではいかぬ。初歩は初歩らしく書いていかねば末が短かくていかぬ、と大にお眼玉を喰ひました……」（前掲書・所収）

この手紙は、「大逆事件」の二十六人の被告にかかわる大審院の秘密裁判が、最後の公判を終える二日前の日付です。堺利彦も岡野辰之介も緊迫した思いでいた頃です。梅子は、そうした状況の中で、己れの定めた文学の道へ、ひた進もうとしていたことが、この手紙の文面には、よく出ています。

梅子がこの手紙で、「二つの雑誌」といっていますが、『衛生新報』のほかの一誌はわかりません。

堺枯川が、梅子の作品について、「初歩のものとしては円熟しすぎてる、小器用に書き過ぎた、是ではいかぬ」と厳しく批評したというところは、なかなか重要なことです。たぶん枯川は、修辞の巧みなところだけが目立って、構想や主題の追及が弱いといいたかったのかも知れません。

田島梅子について私がいろいろ書きはじめた頃、梅子の兄泰助を父とする乾千枝子さんから、梅子の書いた古びた和綴じの資料を借りました。それは、おそらく当時、文章を志すもののために編まれたと思われる手習草紙のようなもので、「明治三十七年　美文集　田島梅子」と達筆な表紙がつけられています。これは後年、兄の泰助がつけたのかも知れません。美文とは、明治中期に流行した擬古文のことをいいます。その一冊を、梅子は少し早書きの、いささかわかりにくい字で根気よく写し取ったも

「美文集」表紙

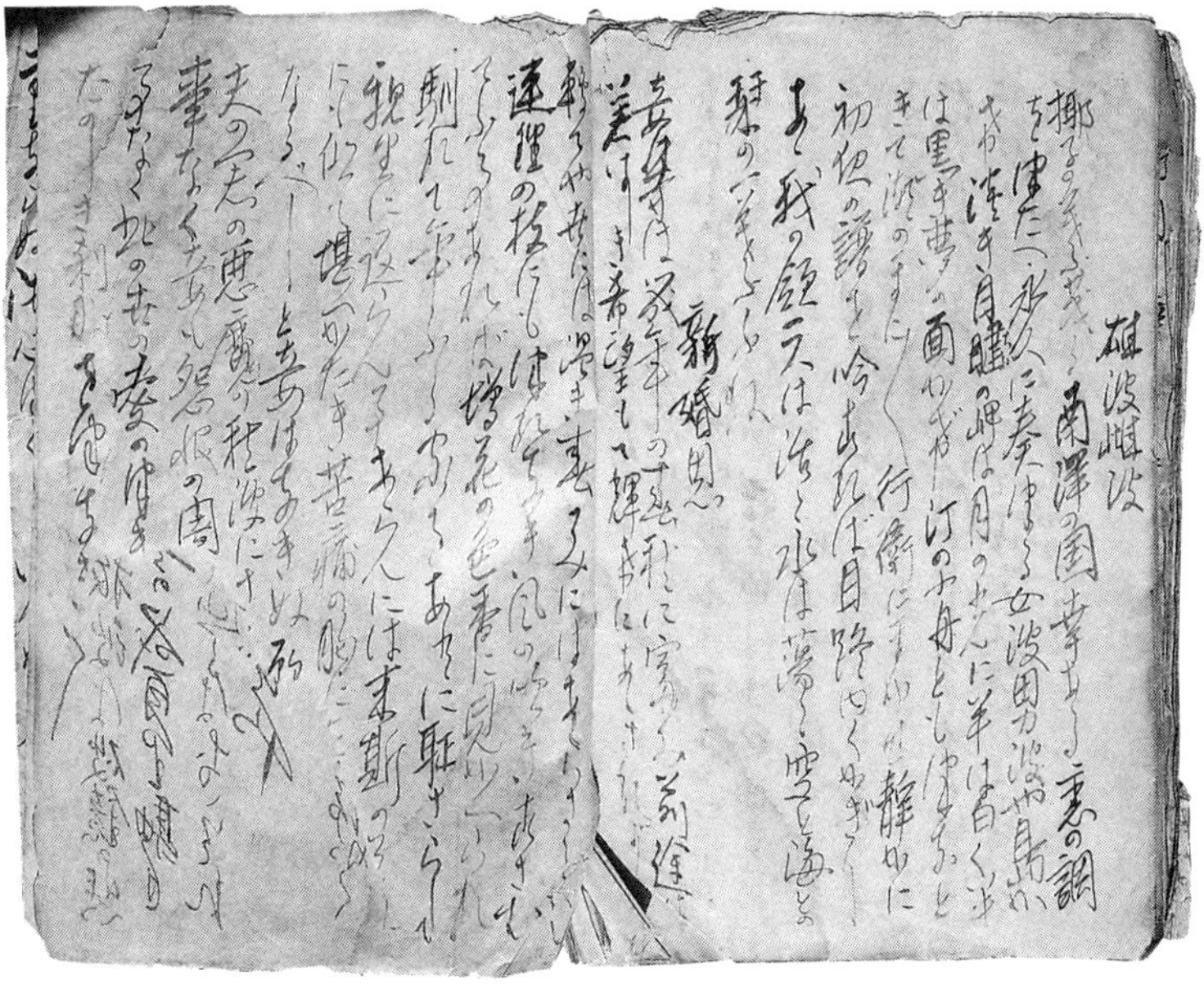

17歳の田島梅子の筆写

のです。私は梅子の写経本のような「美文集」を、読みときながら、原稿用紙に書きとっていきましたが、それは『くずし字事典』のようなものを傍におかなければ、すらすらとは読めない筆字でした。梅子は、『美文集』を書き写しながら、文章表現、修辞を学んだのだと思います。明治三十七年といえば日露戦争中で、梅子はまだ十五歳でした。早熟な文学少女だったと思います。

5

調《ちょう》はひくしさあれ真闇《まやみ》の生の海の靜間《しじま》を破る女浪男浪《めなみおなみ》や　田島梅子

「大逆事件」特別裁判の第一回公判が開始される、十八日前に出獄してきた堺利彦は、獄中で「事件」後の社会主義運動が、いよいよ窒息させられていくだろうと予感し、売文社の構想を固めたといいます。「冬の時代」の嵐の中で、社会主義思想を抱いて進むには、姿勢を低くして進む以外にはないと観念したのだと思います。堺は、若い頃から文学を好み、その文筆の冴えは、多くの人の知るところでした。社会主義的な著作のできなくなった堺は、得意とする文章での代筆業の看板を出しました。それが売文社でした。

売文社開業の日の記念写真が残っています（一二一頁参照）。四谷左門町の堺利彦宅の門柱に「売文社」の表札が掲げられています。その表札の下で、堺利彦とその家族、高畠素之（日本で最初に『資本論』を翻訳した）などと一緒に、岡野辰之介も写っています。岡野はまさに「売文社」における堺利彦の側近の位置にいたことがわかります。

石川啄木は、のちに「大逆事件」によって幸徳秋水以下十二人が処刑された夜、事件関係の資料、新聞記事などを整理し、時系列的にまとめた「日本無政府主義者隠謀事件経過及び附帯現象」を書き残しています。その中に、堺が出獄してきた翌日、九月二十二日の項に、次のように書いています。

同年（明治四十三年）九月二十二日

東京朝日新聞に左の如き記事あり。

●社会主義者の取調

恐るべき大隠謀を企てたる幸徳秋水、管野すが等の社会党員に対する其筋の大検挙は、東京、横浜、長野、神戸、和歌山其他全国各地に亘《わた》りて着々進行し、斯くて大審院に於ては特別組織の下に彼等の審理に着手し、松室検事総長は神戸より上京したる小山検事正及び大賀、武富等の専任をして夫々監獄に就きて取調べを進めつゝあり（以下略）

●京都の社会主義者狩

社会主義に対する現内閣の方針はこれを絶対的に掃蕩《そうとう》し終らずんば止まじとす

る模様あり、(以下略)

明治四十四年(一九一一年)一月十八日に、「大逆事件」の衝撃的な判決がありました。この裁判が開始されたのは、前年の十二月十日ですから、判決まで一ヵ月という異状なスピード裁判でした。判決は、二十六人の被告のうち、幸徳ら二十四人に死刑、他の二人にはそれぞれ十一年、八年の懲役刑をいい渡しました。「大逆罪」の名による大審院特別裁判は、傍聴者を許さず、秘密裁判によって、幸徳秋水らを死刑にするための、天皇制政府によって仕組まれた、単なる儀式であったといえます。

判決の翌日、天皇の名により、二十四人のうち十二人を無期に減刑しました。これは、二十四人を死刑にした時の、国民に与える衝撃をおし鎮め、同時に、天皇に対し、盲目的な信頼を深めさせようという、一石二鳥を狙った狡猾な政策であったことは明らかでした。

幸徳秋水ら十一人の死刑は、判決からわずか六日後の、一月二十四日に執行され、管野スガは翌二十五日に、絞首台でその命を絶たれました。

「普通、最も兇悪な殺人犯でさえ、大審院で最後の判決が下されてから、少くとも六〇日を監獄で過すことが許されていた」（片山潜『日本の労働運動』岩波文庫・三七六頁）にもかかわらず、十二人の死刑は、フルスピードで執行されたのでした。

この一週間後の二月一日、徳富蘆花は、新渡戸《にとべ》稲造が校長をしていた、旧制第一高等学校（現・東京大学）で講演し、幸徳秋水らの処刑は、「死刑ではない、暗殺、暗殺である」と言い、「幸徳君らは、時の政府に謀反人と見做《みな》されて殺された」（『謀反論』岩波文庫・二〇頁～二三頁）と叫びました。

石川啄木は、この「大逆事件」の真相をかきとめ、「後々への記念」にしようとして、さきに述べたように、必死で「日本無政府主義者隠謀事件経過及び附帯現象」をまとめ上げたのは、幸徳秋水らの死刑執行の夜でした。

堺利彦は、十二人の死刑執行後、遺体引き取り人の代表として、その後始末について大奮闘しました。遺体を引き取る時も、また寒夜を火葬場に向かう時も、さらには、火葬が終わったあとも、厳重な官憲の支配と干渉のもとにおかれました。その中で、遺骨を遺族に引き渡し、連絡がつかず遺骨の引き取りがおくれる場合は、堺の自宅の売文社が、一時的な「遺骨保管場所」となったのです。

「白木綿でつつんだ小さな遺骨の木箱が、堺枯川の家にひきとられて、遺族の手にわたされるまで、床の間に並んでいた。大逆事件死刑囚十二名の半数をこえる七名の遺骨が、枯川の世話をうけている。これだけでも、堺枯川の売文社が、大逆事件の救援センターとしてはたした役割の大きさが、わかろうというものである。」（神崎清『革命伝説４』・三四二頁）。

このところを読んでいると、遺体の引き取りから火葬、その遺骨を遺族にわたす仕事など、堺利彦を助けて活動する岡野辰之介の姿を想像します。そして、売文社の中では、堺の妻タメ子を手助けして活動する何人かの女性たちの中に、田島梅子もいたに違いない、と思われてきます。のちに堺利彦は、「(明治四十四年)一月から二月にかけては、小生の家は例の大逆事件(死刑十二名)に関連して、ひっくりかえるような混雑だった。」(『堺利彦全集』第六巻・二一三頁)と回想しています。

前述の、『社会主義者沿革・下巻』には、次のような記事を、官憲のスパイ報告として記載しています。

「堺利彦ハ遺骸処分ニ関シ尽力奔走セシ左記 同志ヲ一月三十日自宅ニ招待シ慰労的ノ饗応ヲ為シタリ

大杉栄・堀ヤス・岡野辰之助・半田一郎・斉藤兼次郎・吉川守圀・渡辺政太郎・石川三四郎・福田「英」・熊谷千代三郎(三三八頁・傍線引用者)

後代のことになりますが、革新的な弁護士歌人矢代東村が、弁護士になって二年目、大正十三年（一九二四年）に、日本弁護士会の主催で、東京監獄から名称の変わった市ヶ谷刑務所の見学会に参加して、雑誌『日光』（大正十五年五月号）に「市ヶ谷刑務所」と題する二十一首の歌を発表しました。このことについては、弁護士で歌人でもある柳沢尚武氏が、『矢代東村　短歌で治安維持法体制に抵抗した弁護士』（二〇〇六年八月一日・日本民主法律家協会刊）というすぐれた評論の中で、立ち入って詳しく論じています。私の以下の一文も、柳沢弁護士の評論に負うものです。

矢代東村 (1947年、58歳)

柳沢評論では、日本弁護士会主催の見学会で、「大正一一年一〇月に監獄官制改正で、東京監獄から市ヶ谷刑務所に名称がかわり近代化が望まれていた。同時に、未決・既決を含め処遇が大きな問題となっていたとき」であることを明らかにしています。

この見学会で矢代東村のつくった「市ヶ谷刑務所」の力作二十一首は、東村の未刊歌集『パンとバラ』（大正十二年～同十五年まで・三一七首）に含まれているものですが、戦後の一九五四年九月、渡辺順三編で刊行された『矢代東村遺歌集』の巻頭に、この『パンとバラ』が収められていますので、「市ヶ谷刑務所」の連作の中の、「絞首台」と小題した五首を引きます。

絞首台へ
ゆく一本の枯芝道
ただ、事もなく日があたっている。

絞首台の鉄の扉は赤さびて
さはれば赤く手にさびはつく。

さすがに
陰気なものだ。
絞首台の前にひかれた黒いひき幕。

事もなく
説明をする典獄の
顔のかなしさよ。絞首台の前に。

うすくらい絞首台の下の石段に
これはあざやかな苔の緑葉。

柳沢評論に引かれている「絞首台」の歌は、一首目と二首目ですが、筆者は「大逆事件」の被告十二人の処刑を想起し、次のように述べています。

「この見学は大正一三年だから幸徳秋水や菅野スガらの死刑執行は、わずか一三年ほど前のことである。その処刑場が目の前にある。一人ずつ引かれて処刑台にむかったであろう道がある。先には絞首台がある。そこに日が当っている。東村は『事もなく』と表現した。しかし、『とうてい事もなくと言ってすませるものではない』と東村は言っているように思えるのである。」

これは見事な鑑賞批評です。私にも矢代東村の歌についての深い共感があります。たとえば二首目第二行は、「さはれば赤さびが手についてくる」とか、「さはればさびが赤く手につく」でも成り立ちそうです。しかし、「さはれば」の次は「赤く」でなければ、矢代東村のこの時の思想の動きは表現できないだろうと思います。鉄扉の向こう側で処刑された人びとと、東村は赤い血を通わせているのだと思うからです。「事もなく」の歌は、実務的に説明する典獄の表情をかすめる、人間の死とかかわった、ヒューマンな感情のあらわれをとらえています。そうした作者東村の思想の目は、「うすくらい」の歌にもあらわれています。それは、「絞首台」と「あざやかな苔の緑葉」の、権力と、推移してゆく自然の力――歴史のゆく手との対比として、矢代東村は歌っていると、私には見えます。

芥川龍之介が絶賛した、斎藤茂吉の歌集『あらたま』の中の、「一本道」の歌を思い出します。

あかあかと一本の道とほりたりたまきはる我が命なりけり

茂吉は、落日の光景の中を、わが命のきわみのように、歩み通さねばならない一本道がかがやいている、と歌っています。

矢代東村の一本道は、絞首台につながっており、事もなげに日にひかっている、そこに、明治専制政府の虚構を鋭くみています。

この二人のみたそれぞれの「一本道」が、さらに異なる相貌《そうぼう》をみせてくるのは、十五年戦争を通じてでした。それは、敗戦後の次の作品を読みくらべればわかると思います。

軍閥といふことさへも知らざりしわれを思へば涙しながる（斎藤茂吉）

みじめなる死にざまに
一人終るとも、
味方はいる。百万の
あらたな味方。（矢代東村）

第五章　田島梅子の明治四十四年（一九一一年）

第５章　田島梅子の明治四十四年

1

田島梅子にとって、明治四十四年（一九一一年）は、決定的に重要な年でした。なぜならば、田島梅子は、この年の九月五日に、わずか二十二歳でその生涯を閉じたからです。残された短編小説八編のうち二編は、前年後半、あとの六編は、すべてこの死に向かう年に書かれているからです。さらに、この年は、「大逆事件」被告十二人の死刑にはじまり、「冬の時代」の本格化の時期であったからです。四月十一日に、悪名高い警視庁特別高等課（特高）が設置され、前年来の社会主義者に対する監視体制が、「特別要視察人」として一段と強化されていきました。田島梅子の夫の岡野辰之介はもちろん、梅子もれっきとした社会主義者として、四六時中の監視、尾行の対象者となっていたことは、彼らの資料からも明らかなことです。

梅子は、「大逆事件」被告の、死刑執行後の遺骸の受け取り、火葬、そして遺骨の遺族への引き渡しなどで、走り廻る堺利彦を支え、活動する岡野辰之介の妻として、異状な緊張の日々を過ごしたことは、想像に難くありません。

おそらくは、こうした無理がたたって、梅子は二月のはじめ頃から体調を崩していました。そうした中でしたが、梅子は三月一日から、売文社の正式社員となりました。正式ということは、一定の賃金が貰えることですから、岡野辰之介と梅子の生活にとっては明るいニュースです。そのうえ梅子は堺利彦の膝下で、直接的、日常的に、文学についての指導も受けられることになったわけですから、梅子が大きな喜びを抱いたことは当然と思われます。

売文社の正式社員となった二日後の、明治四十四年三月三日に、岡野と梅子の撮《と》った記念写真が残っています(口絵参照)。口ひげをたくわえて立った岡野辰之介と、帽子をかぶった田島梅子が背筋をのばし、キッと前方を見据えている写真です。一見して緊張感を漂わせたものです。この写真の裏には、その時の思いを表現した梅子の短歌（遊迷子はペンネーム）と、活石の俳号をもつ岡野辰之介の俳句が記されていました。

調《ちょう》はひくし
　さあれ眞闇《まやみ》の生の海の
　　靜間《しじま》を破る女浪男浪や
　　　　　　　　　　　遊迷子

春寒に肩凋ませて焦阿蒙　活石

この二人の作品について、歴史家の中澤市朗は、「田島梅子、その時代と現代」

(『文芸秩父』——田島梅子没後80周年記念集会特集・一九九一年春季号)の中で、次のように的確な批評をしているので、それを紹介します。

「辰之助の俳句……「春寒に」とはいう迄もなく一月の幸徳らへの死刑宣告、「焦阿蒙《しょうあもう》」とは、思いわずらう子供の意。大逆事件後の一人の活動家の心情を伝えてくれる一句」

「(梅子の)歌は、冬の時代にあって、思い悩み、低迷し、いらだつ人の歌ではありません。この歌には「新人を誇」とする田島梅子の真骨頂が出ていると私は思います。暗黒の声もない静寂な海、その海の静間を破り、女浪男浪の響きが聞こえてくる——そうした力強さを感じさせる歌であります。」

「天皇制権力により大逆事件が仕組まれ、社会主義と人間のたたかいは圧殺されたようにみえても、下からの力は波のうねりとなって「冬の時代」を打ち破ってゆくだろう。未来を切り開いてゆくだろう——女浪男浪のことばに表現された人

間群像への讃歌であります。」（二〇頁）

梅子の短歌作品についての、中澤市朗の深い思想的解明は、洞察に満ちており、さすがと思います。

岡野辰之介の俳句について、中澤市朗の言葉を若干おぎなうとすれば、中澤論文の段階では明らかではなかった、岡野の十二人の死刑囚の、刑死後の処理への関わりをあらためて考えれば、この俳句の裏側には、十二人の死刑囚を面影だたせているように、私には思えます。「春寒」は時代の喩《ゆ》であり、「肩凋ませて」という表現の、とくに「て」に私は注目します。「凋ませる」ではないのです。「て」は、一語ながら、「春寒」を反転させようとする意志を示しているように、私は思います。

その頃、梅子は、故郷の兄泰助に、「女浪男浪」の昂揚した気分を反映した次のような手紙を書いています。

「今サンデーの講談を書いています。昔の講談本のを、ミジカク切りつめたり、ハイカラな文に直したりするので、一回三円づつ、日曜発行だから、是が続けば小使には沢山です。そして少しは、本でも買って兄様に送れますから、どうか続けて出す様になれば好いと考へてます。」

「笹川臨風にも、先生が言って置いたからいけと仰《おっ》しゃいますから、是も原町の邸に音なうつもり。近来仲々多忙、且お金がいっていけませんが、是も奉公と思って、アキラメて居ります。ハハ……」（田島泰助宛・明治四十四年三月二十日。中澤市朗第二論文所収）

この手紙で、梅子がいっている『サンデー』とは、日本の週刊雑誌の先がけで、明治四十一年（一九〇八年）十一月に創刊され、大正四年（一九一五年）九月まで続いたものです。『サンデー毎日』とか『週刊朝日』とかが生まれるのは、はるかあとです。『サンデー』の編集部には、白柳秀湖や山口孤剣がいたため、その下請け的な仕事を出してもらっていたものと思います。梅子の手紙にいう笹川臨風は、『帝国文学』の編集者です。梅子をなんとか文壇に押し出してやりたい、といった堺利彦の熱意が伝わってくるような一節です。

体調不良の中でも、売文社の正式社員として採用され、昂然とした思いでいた梅子でしたが、前記兄への手紙を書いた五日後、脊髄カリエスの悪化で、再度加藤病院に入院し、第二回の手術をしました。これは秩父の両親にもかくしての手術でした。理由は、両親に心配をかけまいということだったと思いますが、それと同時に、梅子が体調を崩した原因の一つに、一月以降の「大逆事件」にかかわる、人に話せない心労が潜んでい

『サンデー』（明治43年10月30日）

たからだと、私は推測します。おそらく「要視察人」の差し出す手紙、受け取る手紙は、信書の秘密などはまったく守られず、皆開封されていたことを知っていたからだと思います。梅子はのちに、兄への手紙（明治四十四年四月二十八日付）の中で、入院の経過をはじめて、次のように伝えています。

「実は（思慮して両親には秘密）此二月初当りから去年の手術のあとが指頭大にはれ上りたる処があるので加藤病院へいったら、局部麻酔で一刀当てて呉れました。それは去月の廿五日のことでした。昨年の手術の時の糸がのこり居たとの事でした。」

第一回手術の時の「糸がのこり居た」などということは、今日的にみれば、ひどい医療ミスです。病院側が患者を安心させるための方便に使ったかどうか定かではありませんが、実態は、梅子が「一刀当てて」もらったと軽くいうほど簡単なものではなかったように思います。そのことは、退院後、閑静な山の手の方に引越したことでもわかります。梅子の最後の小説「親ごゝろ」（『衛生新報』明治四十四年十月号）の書き出しは次のようでした。

「私は此の春から、少し身体の具合を悪るくしまして、此の頃の酷烈《ひど》い残暑に、喧囂《かしま》しい蟬の声に悩まされながら、雑司ヶ谷の森の中で、病褥《びょうじょく》に薬餌《やくじ》と親しんで居るのでございます。」

「大逆事件」後の判決をめぐる重苦しい時期に、田島梅子は短編小説「路傍の人」を書き、『衛生新報』二月号（明治四十四年）に発表しました。執筆時期は、一月上旬頃と想定されますが、もしかすると、「大逆事件」の判決をはさんだ頃かも知れません。堺利彦から贈られた万年筆で、原稿用紙に書き綴った作品と思えます。

第四作「路傍の人」は、前作の「煙の行衛」よりやや短い作品です。作者の梅子が、この作品で書いているのは、女の命がけの恋を、俗世間の打算にたった男が、一方的に、無惨に捨てるという筋のものです。女は死をもって抗議しようとして救われ、あらたに生きようと決意して歩み出す物語です。

「路傍の人」は、前作「煙の行衛」と同じように、（上）と（下）の二章から組み立てています。この小説の主人公は男で、一人称の「私」で登場します。この作品の書き出しは、次のように簡潔で、印象的にキリッとしたもので、これまでの作品にはないものです。

「其夜は月の冴え渡った秋の夜であった。」

主人公の「私」は、五年前、男爵家の娘と結婚しますが、娘の放縦に嫌気がさし、離婚します。秋の夜に「私」は、五年前に捨てた恋人の白石静江に偶然出会います。「私」は静江に、昔の恋は別なものだから、もう一度付き合おうと言いますが、静江に軽くあしらわれます。「私」は、一度は「互に血を沸かした恋人同士で有ながら、何と云ふ冷たい」ことかと一方的に言います。静江は、「渾身の愛を捧げていたのに、其純潔な恋迄、飜弄《ほんろう》されて仕舞った」ことを残念に思うと静かに答えます。静江は肺を病んでおり、この地の禅寺に通っていることも述べて別れます。これが（上）の部分です。

（下）は、宿に帰った勝手男「私」の回想です。静江の言ったことが、どうしても納得できず、なんとか静江を説得して、再びつき合いをもとうと画策し、静江の下宿先に訪ねていきます。留守番の老婆から、今人力車で東京の実家に帰っていったと告げられます。その時、老婆は、五年前に静江が死のうとして、ここの禅寺の老師に助けられたことを語り、その縁で、今は老師に参禅しているのだと話します。「私」は、「其生命《いのち》迄懸けた恋の対象の、自分に会ふた静江の昨晩の態度！」は何だとばかり、「私」は手前勝手なことを考えます。

作者は最後の数行で、「私」のその後の所行を書きます。「私」は、赤坂の彼女が身をよせる兄の家へ出かけるがいない。手紙を出しても返事がない。市ヶ谷見附あたりで、俥《くるま》にのってゆく静江を「私」は見る。静江は気がつかない。（下）は最後に、「今は矢張《やはり》同じ東京に住んでは居るのだが、お互にもう路傍の人に外ならぬ。」の一節で終わっています。

「煙の行衛」は、恋を遂げられず、相愛の男と泣き別れていくというものでした。「路傍の人」では、恋というものの本質を、生死のぎりぎりの問題としてとらえています。静江は梅子の分身ともいえます。梅子は小説作品の中で、己の考えを絶対的なものとして、少しも自己を客観化できない「私」を冷静に描き、いささかも同情を与えていません。

梅子は、この作品世界で、虚構の世界をひろげ、その恋愛観を深化させています。自立した、人間の尊厳と誇りを作品の底においています。

この小説における「死」は、「大逆事件」の被告たち、梅子の顔見知りの何人かの被告の死の運命と重ねていないかと、ふと思います。

命をかけるほどの恋も勝手に踏みにじり、恬《てん》として恥じない「私」は、破廉恥の代表――明治政府の喩《ゆ》のようです。死からたち直ってくるのは、社会主義の思想と運動のようにも読みとれます。

この作品で梅子は、物語のアヤを構え、コトを追うのではなく、もっと深い小説世界を作ろうとしているような気がします。思想的な内容をもったのが「路傍の人」でした。

2

堺利彦は、「大逆事件」の刑死者、無期入獄者の遺族・家族を慰問するために、明治四十四年（一九一一年）三月三十一日に、関西から九州、四国、大阪、紀州方面へと出かけます。その頃、元気を回復した梅子は、入院約一ヵ月後の四月二十六日に、神楽坂倶楽部で開かれた、社会主義各派合同の、第三回茶話会に夫の岡野辰之介とともに出席しています。これには、堺利彦の妻タメ子、大杉栄と妻の堀ヤス子、石川三四郎、吉川守圀など十五人ほどが出席し、テーマなどもたず、雑談して終わりました。

この各派合同茶話会を発案したのは堺です。「大逆事件」後の、まさに「冬の時代」に、社会主義運動の力を貯えるために、意見の対立はそれとして、とりあえず各派が月一回ていど集まって懇談しよう、ということで始められたものです。第一回は、二月二十一日に神楽坂倶楽部で開かれ、第二回は、三月二十四日に同じ場所で開かれており、岡野辰之介は、妻梅子の入院を翌日にひかえながら、堺利彦や大杉栄夫妻とともに出席しています。これらの経過については、これまでにもふれてきた、官憲スパイによる尾行、探索の報告書である『社会主義者沿革』にも詳細に記録されているものです。

第三回の各派合同茶話会で、田島梅子は、同県人で、当時はキリスト教社会主義の立場をとっていた、石川三四郎と初めて顔を合わせました。

かつて梅子は、日露戦争当時、故郷の秩父で小学校の教員をしていた時、兄泰助が送ってくれた週刊『平民新聞』紙上で、石川三四郎が書いた「小学校教師に告ぐ」（第五号・明治三十七年十一月六日）を、胸をたぎらせながら読んだことを思い出したに違いありません。石川三四郎の論文は、日本の近代教育史の中でも画期的な論文であったからです。

堺利彦（明治44年３月）

明治政府は、明治三十三年（一九〇〇年）、二十世紀の幕がまさに明けようとした前年、大衆運動、社会主義運動の弾圧を狙う「治安警察法」を公布し、その中で、教師の政治活動をきびしく禁じていました。こうした状況下の、教育のあり方を鋭く批判し、教師の進むべき道を論じたものが、石川三四郎の「小学校教師に告ぐ」でした。その熱っぽい文章は、次の言葉で終わっていました。

「来れ諸君、満天下の小学校教師諸君来れ、而して速かに我社会主義運動に投ぜよ、是れ実に諸君が其教場に鞭を執る前に於て、先づ當《まさ》に為すべき真の使命に非ずや。」

梅子は上京以来、夫岡野辰之介を通じ、あるいは、師の堺利彦の紹介などにより、多くの社会主義者たちと知り合いました。梅子には、社会主義について正面から論じた作品は、一つもありません。梅子にとって、社会主義とは、外来種のように外から来たものではなく、内側から育ってきた生得《しょうとく》なものと感じられていたのではないかと思われます。

梅子は、故郷秩父の山間が、近代へと推移してくる歴史の折ふしに、民衆の抵抗や蜂起があったことを思ったでしょう。わけても、祖父や曽祖父も参加した、「秩父困民党事件」などをつなげてくれば、それは社会主義的なものへとつながっていく——という理解だったように思います。つまり、梅子は、自らの血肉の問題として社会主義を認識していたのではないかと思います。梅子が、あらためて何をいうことがあろうか——と考えたとしても、不思議ではありません。

3

春三月縊《くび》り残され花に舞う
行春の若葉の底に生残る

一句目は大杉栄のものであり、二句目が、堺利彦のものです。「大逆事件」によって、無実の罪で命を奪われた同志たちへの、哀切を込めた俳句です。大杉栄も堺利彦も、「赤旗事件」で二年の獄中生活にあったため、「大逆事件」にまき込まれなかったわけです。堺利彦は、この哀切の心を秘めながら、「大逆事件」刑死者の遺族や、無期となった者の家族を見舞って帰京したのは、明治四十四年の五月八日でした。その夜、堺は、ごく身近な人びとを自宅に招いて、報告会を開きました。集まったのは、大杉栄、堀ヤス子、岡野辰之介、田島梅子、それに斉藤兼次郎、吉川守圀、藤田四郎の七人でした。

この夜出席した藤田四郎は、石川啄木と面識をもつ社会主義者でした。「大逆事件」特別弁護人であり、啄木の友人である平出修（露花）の弁護士事務所があった神田神保町のすぐ近くの仲猿楽町に、豊生軒というミルクホールを開いていました。啄木は、明治四十一年一月四日、小樽の社会主義演説会で知り合った西川光二郎の紹介で、藤田四郎から、社会主義関係の資料をあれこれと貸してもらいました。

梅子が歌人でもあることを聞き知っていた藤田四郎が、石川啄木について熱心に梅子に話し込んだという空想は、私にとっては捨て難く魅力的です。

啄木は当時、『朝日新聞』の校正係として働いていました。啄木が深く敬愛した国際的ジャーナリスト杉村楚人冠は、堺利彦とは刎頸《ふんけい》の交わりを結ぶ仲でした。すでに述べたように、啄木が当時住んでいた本郷弓町二丁目には、堺が二ヵ月の禁固刑を受けた金曜会「屋上演説事件」の起こった、熊谷千代三郎の平民書房もあったところです。啄木が小樽で出逢った西川光二郎は、「大逆事件」を獄中で知り、出獄と同時に『心懐語』という本を書きました。『心懐語』は、西川光二郎が、社会主義を捨てたことを表明したものです。世間ではこれを、「社会主義者の謝《あやま》り証文」と呼んだといわれています。

こうした人間関係を、もう一押しすれば、石川啄木と田島梅子が顔を合わせることができるほどの情況にありました。この二人のすれちがいは、私は歴史のひどい損失のように思えてなりません。

『社会主義者沿革・下』に次のような記述があります。

「尋テ同年（明治四十四年・引用者）六月二十一日、大石「恵為」ヨリ堺利彦ニ宛莚包荷物五個到着シ其ノ内二個ハ大石誠之助カ生前着用セシ洋服ナリシカ堺ハ翌二十二日左記ノ通一着若ハ二着ツ、之ヲ配分セリ

堺利彦・大杉栄・岡野辰之助・斉藤兼次郎・吉川守圀・渡辺政太郎」

これまでも『沿革』から、たびたび引用してきましたが、これはスパイや尾行活動だけから情報を得ていたのではなく、信書の秘密を公然と侵して得た情報です。たとえば幸徳秋水や堺利彦はもちろんのこと、目をつけていた社会主義者たちの発信する手紙類はことごとく開封されて読まれ、また、これらの人にくる手紙についても開封されていたのです。その意味では、『沿革』の記述は、ある部分では事実を表現していたわけです。

『堺利彦全集・第四巻』の中に、一枚の興味深い写真があります。前列に堺利彦・斉藤兼二郎・岡野辰之介が白っぽい服を着て並び、後列に高畠素之と小原慎二が和服にカンカン帽子をかぶっています（口絵参照）。前列の三人も帽子をかぶっていますが、マチマチです。岡野はパナマ帽、斉藤はハンチング、堺は厚手のヘルメット型といった恰好です。写真解説には明治四十五年の夏に写したものとして、堺と斉藤と岡野の三人は「大石碌亭の形見の服を着す」とあり、岡野のもつ洋傘は幸徳秋水の遺品だと記しています。岡野が着ている洋服は外出着らしく、ネクタイを締め、洋傘をステッキのようにもった姿は、なかなか堂々としたものです。

この写真と、さきの『沿革』を読み合わせると興味深いものがあります。

4

田島梅子の五番目の短編小説「若き妻より夫へ」（『衛生新報』明治四十四年三月号）は、健康状態の悪かった二月段階に書かれたものと思われます。この作品は、これまでの梅子の作品とちがったいくつかの特徴があります。それは、表題の「若き妻より夫へ」からもわかるように、恋愛から結婚へと進んだ「若き妻」の「私」が、病気で鎌倉への転地療養を余儀なくされ、夫と別れた時から、十日間ほどの間の心情を書簡の形式で綴ったものです。「第一信」から「第七信」までのかたちにまとめていますが、「第三信」と「第六信」は候文で、「第五信」は文語調の独白、他は口語での語り口です。文体に変化をつけたのは、作品が単調にならないように工夫したもので、この作品の一つの特徴といえます。

作者は、「第一信」の冒頭を、「別離《わかれ》と云ふ言葉ほど、世に悲しみ多きものは無いと聞いては居りましたが、今度こそ痛切に、わかれと云ふ物の悲哀を感じましたわ。」と書き出しています。筆はおのずから結婚当時の回想に及び、「第三信」で次のように書きます。

「思へば六ヵ月以前、ホニームーンの夢心地、花に纏《もつ》る、故蝶のそれが、静かなる愛の波に漂ふ鴛鴦《おし》のそれの如、世は楽しとのみ、嬉しとのみ、笑み交はしつつ、此地へまゐり候ひしが、半年後の今日は病を抱いて変らぬ海の色を独《ひと》り見んとは、誰か思候可《おもいそうろうべ》き」

作者と作品の主人公「私」とは、ほとんど重なっている感じがします。おそらく作者は、二年前の明治四十二年春の岡野辰之介との結婚当時に想いを重ねていたと思われます。この作品には、巧みな修辞の風景描写がしばしば現れます。たとえば、「第四信」で、療養先の鎌倉の朝の海岸を次のように描いています。

「何時見ましても宜《よろ》しいのは、海岸の朝景色ですわね、有明の星の光に、夜の幕はしぼり上げられて、薄れ行く白い靄《もや》の間から、幾千萬条《まんじょう》の黄金の征矢《そや》を放《な》げて、金波のひらめき豊《ゆたか》に、遙《はるか》に地平線上にきしり出《いで》る旭日《あさひ》の雄姿！　実に――、光明――、希望――、あらゆる積極的の努力を意味するのは旭《あさひ》ですわ。」

この「若き妻より夫へ」には、珍しく、「第四信」に三首、「第五信」には二首、計五首の次のような「私」の短歌が置かれていて注目されます。

重しと宣《の》る其《その》み袖《そで》こそ我恋の
　生命《いのち》を包み希望を包む。（第四信」）
み手による子もあらぬ野を夕星《ゆうづれ》の
　光ふみつゝさ迷ふ男。

湖の香にさすらひの子の筆重く
　日記の頁のすみ色にすき。
獨《ひとり》聞く相模の海の遠鳴りに
　身は溶くるらし涙ながる丶。（第五信）
独《ひとり》居《い》にふさわざりけり鎌倉の
　砂地に足の冷たきあきは。

「第五信」は、「お手紙有難く拝見。」から始まる、夫への返信のかたちをとっています。夫からの手紙に、慕情をつのらせている「私」は、掲出の「獨聞く」の歌の前に、次のような一節をおいています。

「趣ある鎌倉の秋も、此のさすらひの子に何等の興を与へやうぞ、女浪男浪のささやきにも、砂地に散敷片貝《ちりしくかたがい》の色にも、座《そぞ》ろ人のみ恋はしめて、踏む足の冷たき

に、流れ藻《も》悲しく、暮れゆく海に向って一人立てば、転《うたた》人生の落漠《らくばく》を感じて
……。」（傍線・引用者）

この美文的な文章に、続けておかれた「獨聞く」の歌は、すでにふれてきましたが、与謝野晶子の「海恋し湖の遠鳴りかぞへてはをとめとなりし父母の家」（『毒草』明治三十七年五月）や、「静かなる相模の海の底にさへ鱶《ふか》棲むと言ふなほよりがたし」（『佐保姫』明治四十二年五月）の模倣・折衷であることは明らかですが、梅子の三句「遠鳴りに」をうけた四句の切れに「身は溶くるらし」といい、「涙流るる」と歌いおさめている情感には重心の低い生活感の実感がこもっていて、与謝野晶子の歌とは異なる感じを生み出しているのは、面白いと思います。また、前述「第五信」の中の傍線の「女浪男浪」のフレーズも、梅子が売文社の社員となった記念に夫岡野辰之介と撮った写真（口絵参照）の裏に書いた梅子の短歌に登場する言葉でもあります。梅子が十五歳の頃筆写した「美文集」の最後のほうで、「雄波雌波」と題する数行の短文

の中に「女波男波」という言葉が登場していました（一三七頁参照）から、この言葉は、梅子にとって、少女の頃から記憶にとどめた愛用語であったと思います。
夫からの手紙を読んだ感想は「第六信」にも続きますが、留守の夫を励ます、次のような言葉があります。

「日頃雄々《おお》しき卿《おんみ》にも似給はず、獨居の淋しさをかこち給ふ事の、お痛ましう存じ候。悲観はせざれと常々仰せ給ふ卿《おんみ》の此の頃こそ、なか〳〵に妾《しょう》にも勝って弱く相成られ候よ。」

おそらくこの部分を書いている時、梅子は、目の前に夫岡野辰之介を見ていたような気がします。十二人の刑死直後、堺利彦を助けての岡野の活動、それを支えたであろう梅子の姿については、すでに述べてきました。異常な緊張を強いられた、秋水らの刑死後の遺骸や遺骨の遺族への引き渡しなどの仕事は、岡野を精神的にも肉体的にも疲労困憊《こんぱい》の極に追い込んだにちがいありません。それを妻の梅子が目のあたりにしつつ、しきりに励ましている、といった光景が浮かびます。そうした現実感をもった「第六信」の一節です。

「若き妻より夫へ」には、この表題が予感させるような過剰な感傷性や甘さは描かれていません。読み終わって明るい感じがします。それは、主人公「私」の意志が、病気を一日も早く克服して、愛する夫のもとに帰りたい、そしてまた生きいきとした生活を取り戻したい、という前向きの方向に強く動いているゆえです。梅子は、こう書くことによって、身の不調をのりこえようとしたのかも知れません。

この作品は、次の言葉でしめくくられています。

「私の帰る時にはお迎《むかえ》に来て下さるのですって、有難う御座いますのね。早くねこんなに丈夫になった様子をお目に掛《か》け度《た》いわ。では今日は是で失禮します。さよなら」

5

「大逆事件」で生き残った、堺利彦や大杉栄をはじめ社会主義者と呼ばれた人々は、塹壕《ざん》に入って敵弾をかわすように、姿勢を低くして、時節の到来を待っていました。そうした中で、田島梅子は、第二回の手術後の元気を回復した時期に、兄泰助へ書いた五月一日の日付けをもった長文の手紙があります。内容は主として肉親間に起こった問題で悩む泰助に対し、梅子は自分の考えを書き送って、励ましたものですが、その最後に、興味深い文章を綴っています。梅子の当時の交友関係を知るうえで重要ですので、やや長いですが、次に引用します。

「（前略）昨日は招かれて大久保へツ、ジ見に、雨を突いていって参りました。―辰―は用事の為め行かれないので私一人です。いったら保子さんはヂが起って寝てた。栄子さんと三弟妹とやらに見ました。帰りに栄が送って甲武電車で水道駅まで、アトは市内電車で帰宅したのは午後六時半。

人ごみ故に、蛇目の相合傘づれを見て、労働者が『似合ました！』とあびせかけた。二人は見て苦笑するのみ。左は栄に遊迷の句

赤に思ふ白に見し、ツ、ジの原の旅一里半。

保子には

いたつきのとくいえまして若葉影に

君が笑み見ん日と思いつゝ。

此の頃は実に元気ですよ。而してロマン気に輪をかけた、イヨ〳〵いけなくなるばかり、困ったもんです。先生が、今月上旬の中に帰る事になって居れど、ノンキ者だから仕方がないです。早く帰ればいゝと思っています。ではね又、呉々もノンキにお成り遊ばせよ。

五月一日　　　　遊迷子

御兄上様
まゐる

何となく悲しき色よ逝《ゆ》く春の
花の香に残るわか葉の光。」（傍線・引用者）

兄への手紙のこの部分は、当時の梅子の交友状況を示す、数少ない資料です。三月二十五日の第二回手術のほぼ一ヵ月後、元気を回復した梅子が、大久保の大杉栄に招待されて、ツツジの花見にいったのです。病気回復と転居祝いを兼ねて、大杉栄が、岡野と梅子の夫婦を招いたものでしょう。傍線部分の「辰」は、夫辰之介のこと、また「保子さん」は、大杉栄の妻保子のことです。「栄子」とは大杉栄のことです。常時、官憲の監視下におかれ、信書の秘密も公然と破っていたその筋に対する、梅子のちょっとしたからかいでしょう。「遊迷」は、梅子の俳句や短歌、あるいは親しい人への私信などで愛用したペンネーム遊迷子のことです。

梅子が帰る時、大杉栄が雨の夜道を駅まで送ってきたのは、尾行者が何をするかわからないという心配があったことにもよります。

大杉栄の妻保子（旧姓堀）は、堺利彦の最初の妻美知子の妹です。美知子は、長女（のちの近藤真柄）と長男を残して、明治三十八年（一九〇五年）に亡くなったあと、堺は、平民社で働いていた延岡為子と再婚します。そんな関係で、堺家に身を寄せていた堀保子は大杉栄と結婚します。大杉栄は、父親が職業軍人だった関係で、名古屋幼年学校に入学しますが、喧嘩《けんか》で退学処分となり、のちに外国語学校仏語科を卒業します。幸徳秋水の『社会主義神髄』を愛読して平民社に接近し、雑務を手伝ううちに、社会主義関係の評論も書くようになります。大杉栄は、語学に驚くべき才能を有し、仏、英、エスペラント、イタリア、ロシア語など、六、七ヵ国語が扱えたといいます。公然と無政府主義者を自任し、日刊『平民新聞』に訳載した、クロポトキンの「青年に訴ふ」は有名です。第一回は日刊『平民新聞』第四十三号（明治四十年三月八日）にはじまり、第十回目の第五十六号（三月二十三日）まで連載したもので、評判を呼んだものです。

石川啄木は「大逆事件」後、社会主義思想探求の中で、死ぬまでクロポトキンの著書を愛読しました。啄木が日刊『平民新聞』紙上の、大杉栄の訳載を読んだかどうかは、定かではありませんが、『石川啄木全集』第六巻（日記篇）に「青年に訴ふ」の書名が登場するのは、一九一一年（明治四十四年）一月十日の日記の中です。それは、埼玉の谷静湖という青年が、在米の岩佐作太郎なる人物から送られてきたといって、啄木のもとに持ってきた「革命叢書第一篇クロポトキン著『青年に訴ふ』の一書」でした。「家に帰ってからそれを読んだ。ク翁の力のある筆は今更のやうに頭にひゞいた。」とその日の日記の最後に書きとめています。

梅子の交友関係を知るもう一つの資料は、さきに述べた、梅子の小説「若き妻より夫へ」の、最後である「第七信」の中の一節です。

「吉川さんが御帰省ではホントにお淋しいのね、ですが外《ほか》の方たちが時々お見えに成るのぢゃ、宜《よ》いわ、私又皆様の名論卓説を伺って、肩を張らせる世話が無くて仕合《しあわせ》ね」（傍線・引用者）

梅子がここで軽いユーモアとともに登場させている「吉川」とは、明治社会主義運動の回想的記録である『荊逆星霜史』の著者吉川守圀のことです。この著書は、「日露戦争の平民社の活動から大逆事件のさいごまでの内部事情を自分の経験を基礎にくわしく叙述し、いわば明治期の運動の決算的記録」（青木文庫「解説」岸本英太郎）といわれているものです。『荊逆星霜史』の初版は、一九三六年十二月の刊行といわれますが、私の手許にあるのは戦後一九五七年八月出版の青木文庫で、愛蔵しています。

吉川守圀は、明治十六年（一八八三年）生まれですから、田島梅子より六歳年長です。

週刊『平民新聞』、日刊『平民新聞』などにもたずさわり、堺利彦の売文社にも入ったりしていますから、岡野辰之介、田島梅子にとっては、仲の良い友人仲間であったと思われます。

のちの話に飛びますが、吉川守圀は、一九二二年七月の日本共産党の創立大会に出席し、規律委員もしたといいます。しかしのちに、社会大衆党員となり、その役員などをし、東京府会議員にもなったりしながら、一九三九年八月に五十六歳で死んでいます（大月書店『日本社会運動人名辞典』による）。

梅子の小説でいう「名論卓説」の「皆様」には、吉川守圀をはじめとして、堺利彦を中心とした売文社の面々がイメージとして浮かび上がってきます。岡野辰之介と梅子たちの交友範囲には、「大逆事件」後の社会主義運動の再出発を志す人びとが、かなり広く含まれていただろうと思われます。もちろん明治の社会主義とは、星雲状態で、共産主義者、社会主義者、無政府主義者や、普通選挙の運動者、労働組合運動者などなどを含んでおり、一口でいえば、反体制運動をする人びとを、総称したようなところがありました。
そうした人びとの間で、梅子はおそらく、「革命婦人」の異名をいっそう高めていたのかも知れません。

耳かけばいと心地よし耳をかくクロポトキンの書《ふみ》を読みつゝ

これは啄木の「明治四十三年歌稿ノート」の「七月二十六日夜」と題した十首の中のものです。『一握の砂』には含まれていません。「明治四十三年歌稿ノート」は、「大逆事件」勃発の約一ヵ月後の七月十五日夜から書きはじめているもので、この「ノート」は、明らかにこの大事件に触発された啄木の本心を書きとめたものです。このノートには、この年の暮れに出版された歌集『一握の砂』にも収録しなかった次のようないくつもの秀歌があります。

地図の上朝鮮国に黒々と墨をぬりつゝ秋風を聞く

常日頃好みて言ひし革命の語をつゝしみて秋に入れりけり
秋の風われら明治の青年の危機をかなしむ顔なでゝ吹く
時代閉塞の現状をいかにせむ秋に入りてことにかく思ふかな

大杉栄の「青年に訴ふ」が連載された、日刊『平民新聞』も週刊『平民新聞』も、啄木は読んでいる筈ですが、「耳かけば」の歌を読むと、その感動が浅いように思います。それは、この段階での啄木の、クロポトキンへの関心と理解が本格化していなかったせいかも知れません。

大杉栄は、「赤旗事件」で堺とともに入獄し、「大逆事件」後に共に出獄したため、命が助かりました。そうでなければ、幸徳秋水とともに、明治社会主義運動をリードしていた堺利彦も、「堺一派」と官憲がマークしていた大杉栄も助かる筈はなかったと思います。

春三月縊《くび》り残され花に舞ふ

大杉栄のこの句は、梅子が売文社に入る直前頃の作です。梅子の没後、大正期に入って、大杉栄と堺利彦とは、その思想と行動とのちがいから、不和となり、別離しますが、一九二三年（大正十二年）九月一日に起こった関東大震災の折り、「震災による混乱のさなか、東京亀戸警察署で労働運動者・社会主義者十人が虐殺され」、九月十六日には「憲兵が無政府主義者の大杉栄・伊藤野枝夫妻と大杉の甥橘宗一を虐殺した」のでした（大原社研編『社会主義運動大年表』労働旬報社刊・二二五頁）。

堺利彦は数年後、「社会主義運動史話」の中で、次のように大杉栄への切々たる思いを綴っています。

「『大杉がやられた！』

わたしはこの電光のような報道を市ヶ谷刑務所の監房内で聞いた。……わたしは大杉君とけんかしていたのだが、今はそんなことは全く忘れた気持……不和だの、けんかだのと言っても彼と私との交わりは、生死の際において知らん顔をすべく、あまりに深かったのである。」（『堺利彦全集』第六巻・二四三頁）

田島梅子と大杉栄一家との、明治末年の付き合いは、田島梅子とその他多くの社会主義者との交友も想像させるものです。梅子は、上京して岡野辰之介と結婚以来、多くの社会主義者を知り、時に行動を共にしてきたことが、うかがわれます。梅子は、そうした中で、その内面に強固な社会主義思想を築いていきました。それは、近代短歌史のいかなる歌人も真似ることのできないものでした。

第六章　思郷の心

大杉栄宅の、つつじの花見に招かれたことを報告した梅子の五月一日付け兄泰助への手紙は、生前最後の手紙といわれています。五月から六月の半ば頃まで、梅子の健康状態は、やや安定して、小康を保っていたようです。

しかし、七月七日付けの、夫岡野辰之介の泰助への手紙によると、「毎日看病と飯焼《た》きまで忙しい。奥様が気六ツかしいので、台所の隅で泣くこともあるよ」(『没後80周年記念号』所収)とあることから、六月下旬頃からか、おそらくまた、梅子は健康を悪化させたことをうかがわせます。

小説「兄上様」(『衛生新報』六月号)は、五月に書かれ、六月上中旬に、「靴」(堺利彦著『天下太平』所収)を書いたと思われます。

「兄上様」の語り手「私」と、現実の田島梅子は、ほとんど等身大で重なり合っています。この作品には、梅子の切実な望郷の思いや、家族によせる親愛の情が溢れており、いわば自伝の一章のように読みとれます。作品の導入部の春の季節感は、望郷と結びついた、次のような詩となっていきます。

故郷の春を思ふ詩

お丶なつかしの故郷の春よ!、
楽しかりける昔の日と変わらざれ、
年ごとに忘れずに来よ、
吾れは御身に接せず共、
草枕、旅のかり寝にも、

御身の姿をゆめにや見め、
御身の声を現《うつつ》に聞かん、
春よ、春よ、故郷の春よ、
永久《とこしえ》に楽しかれ、
永劫に美しかれ、

故郷に語りかけている、詠嘆性の強いこの詩が、必然的に呼びおこすように、「私」の幼い日の回想、とくに自分の病気回復のため「鎮守の神へ日参」してくれた、亡き祖母を憶い、父や母を思うというのが、作品「兄上様」の筋となっています。

この作品が、ほとんど作者の心や現実をそのまま表現しているところから、現実の田島梅子についての重要な情報が書き込まれています。

一つは梅子の名の由来です。

「家の庭の彼の薄紅梅の花が咲きましたとね、父上がよく、是は上り龍《のぼりりゅう》ぢゃと仰《おつしや》るアノ梅、アノ花の咲く頃、庭の木々が芽が吹きます、」

梅子の父善一郎は、「上り龍」と名づけた庭の薄紅梅を大事にしていたと思われます。三人の子の末に生まれた女の子に、「上り龍」ほどにもなってほしいという、特段の期待をこめて、「梅子」と名付けたであろうことが、この作品の一節から想像できます。

もう一つは、梅子の生まれつきの体質についてです。「兄上様」の後段に、次のような一節があります。

「世に馬鹿な子程可愛《かあ》いと申しまするが、成程三人の兄妹《きようだい》の内、最も我儘な、最も多病な、然かもみ心で無い都の空に、吾れとさ迷ふて居りまする不孝な子の私」

この表現の中には、梅子を二十二歳で死なしめたものが、子どもの時から抱えていた「多病」の体質であったことがわかります。しかも、親の意に逆らって上京し、岡野辰之介と恋愛結婚したことを「不孝な子」と両親に詫びているのは、自己を客観的に見ている一つの姿でもあります。

「兄上様」の作品の書き出しは、回想ゆえか、やや文語調をかもし出していますが、家族への回想も終わって、兄に直接語りかける最後の段落は、素直な口語での語りかけの文体となっていて、作品全体での文体の統一という点では、問題点を含みますが、この最後の部分には、梅子がすぐ傍に立っている兄に語っているような感じがします。

「今日は大変暖かですので裏の窓を開け放して置きましたら、丁子《ちようじ》の花の匂いがしめやかに乱れ入ります。……私の居間の床の花瓶には、今八重桜が真盛り、吹く共無く吹入る風に一片二片《ひとひらふたひら》散り初めて、硯《すずり》の水に落ちました。」

硯に落ちた花びらの描写はまだ続くのですが、この平易ながら現実感のある表現は、梅子の作家としての心構えが、この方向に据えられていることを、うかがわせます。

「兄上様」の一つの主題は、望郷ということでした。田島梅子の望郷の思いは、その短歌作品にもよくあらわれています。梅子の短歌作品は、まとまった歌集として残されたものはありません。ただ梅子の没後に、堺利彦が「片見の歌」として『売文集』（明治四十五年五月）の中に掲載したものが唯一で、三十七首あります。その他、小説作品の中や書簡の中に書き込んだものが若干あります。

堺利彦は、「片見の歌」の最後に、すでにふれましたが、「梅子君の遺した歌は凡そ五六百首もあるが、私はズットそれに目を通して気に入ったのを是だけ撰りだした。

歌に目のある人が撰んだなら、まだ外に澤山善いのがあるに相違ない。梅子君は確に一廉《ひとかど》の歌人であった」と附記しています。五、六百首もあった梅子の短歌作品の全貌がうかがえないのは、なんとしても残念なことです。

そゝり立つ秩父の峰に神秘あり、吾れかくめいの御告《みつげ》を聞きぬ。
紅《あけ》の峰は灰色の雲たゞよふて、麓しぐれぬ、秩父嶺の秋。
山恋し、雪にうもれし山恋し、二十年《はたとせ》住みし故郷恋し。
花見ては花に涙し若葉見ては、若葉に泣くよ祖母《おおば》なき春

三首は「片見の歌」からのものであり、最後の一首は、小説「兄上様」の中に書き込まれたものです。

十九歳で故郷を出た梅子にとって、故郷には人一倍強い愛着がありました。故郷という一般的概念や、一般的自然ではなく、梅子の故郷とは、風土を象徴する秩父の

嶺々でした。少女の頃から兄泰助に導かれて、その心の中に、この秩父の嶺々ほどにまで、と志しつつ育て上げていった、自主と進歩の精神発展の歴史でした。秩父の山々は、自然の存在物として、そこにあったのではなく、そこに生きた人々の歴史と固く結びついたところの、思郷の心ともいうべきものでした。そのように、梅子の故郷観をおさえて、「兄上様」の、前述した「故郷の春を想ふ詩」や、短歌を読み直すと、あらためて感慨が深くなるのを覚えます。

明治十七年（一八八四年）に起こった「秩父事件」は、父も祖父もそのたたかいに参加し、「身代限り」の処分と、重い罰金を課せられました。「秩父事件」は、梅子の生きた時代はもちろん、戦前も一貫して、「暴動」「騒動」とされ、参加者は犯罪者として刻印され続けたものです。梅子が岡野辰之介と結婚し、堺利彦を師と仰ぐようになり、「大逆事件」の実相に真向かってきた時、それは「秩父事件」と酷似した性質をもち、絶対主義的な天皇制政府による、許すべからざる虚構によるものだったことを知ったはずです。「大逆事件」は、梅子の中の「秩父事件」をいっそう深く理解することとなったと、私は思います。梅子における望郷は、貧困を告発し、人間の尊厳を求めてたたかった、父祖の歴史と深く結びついたものでした。

田島梅子とほぼ時代を同じくして、望郷の歌人石川啄木がいました。啄木の望郷の名歌は、歌集『一握の砂』の「煙」の章の「二」に、集中的に収められています。

やまひある獣《けもの》のごとき
わがこころ
ふるさとのこと聞けばおとなし（明治四十三年十一月一日）

かにかくに渋民村は恋しかり
おもひでの山

おもひでの川（明治四十三年十二月一日）

やはらかに柳あをめる
北上の岸辺目に見ゆ
泣けとごとくに（明治四十三年十二月一日）

田も畑も売りて酒のみ
ほろびゆくふるさと人《びと》に
心寄する日（明治四十三年十一月一日）

あはれ我がノスタルジヤは
金のごと
心に照れり清くしみらに（明治四十三年十二月一日）

啄木の思郷の歌の対象は、故郷にかかわるあらゆることに向けられています。啄木の思郷の歌には、見落とすことのできない、二つの重要な問題があります。

その一つは、思郷の歌の名作のほとんどが、明治四十三年の「大逆事件」遭遇以降に作られたものだということです。この問題は、啄木の思郷の歌を読むと、なんということもなく、やや感傷的に身をゆすっているように感じられますが、その感情の底には、強く時代への意識――明治四十三年への意識――が動いていたということがわかります。

二つには、啄木自身が、自分の思郷の歌の根本的な動機を、「単に私の感情に於てでなく、権利に於てである。」と分析していることです。これはきわめて重要な問題です。この言葉は、「大逆事件」の起こった明治四十三年の十月二十日に書かれた「田園の思慕」と題するエッセイの中のものです。啄木がここで主張しているのは、時代の推移する中で、田園を棄てざるを得なくなり、故郷をはぎとられ、都市に生活する「悲しき移住者」となっていくその心境です。

この面での明治の時代状況は、整理していえば、次のようにとらえられると思います。

「日清戦争を契機とする日本資本主義の集団的発達は、これを農村関係についていうならば、中小農民の没落と、貧農小作人の拡大再生産の過程の進行であり、都市の労働運動の勃興と対蹠《たいしょ》的に明治三十年代には小作人運動の台頭と争議の頻発がみられた。」（絲屋寿雄『日本社会主義運動思想史』法政大学出版局・一七二頁）

啄木は、「産業時代といはるる近代の文明は、日一日と都会と田園との間の溝渠《こうきょ》を深くして来た。」と述べ、「悲しき移住者」としての啄木は、このエッセイの最後のほうで、「私が少年の如き心を以て田園を思慕する」その心を、「益々深くしたい」と述べています。それは、「感情に於てでなく、権利に於てである。」と主張しているところは、きわめて重要な点です。

啄木は、この問題は、「現代文明の全局面に現はれている矛盾」の一つであると見据えました。そして、この矛盾は、「何時かは我々の手によって一切消滅する時代のくる」ことを信じ、そうなることを要求することは「人間の権利である。」と述べて、このエッセイを閉じています。

石川啄木

いまこうして、田島梅子と石川啄木の思郷の心を並べて考えるとき、そこに、ある共通性を見出すことができると思います。

梅子のそれは、秩父の嶺々と父祖の血につながるたたかいの歴史と深く結びつくものでした。

また、啄木のそれは、明治の近代日本が生み出した社会的矛盾に由来したものでした。

そこに共通するものは、時代と歴史を背負って、近代日本の地底を這うようにして生きてきた、民衆の生活の視点でした。このことは、田島梅子と石川啄木の望郷の作品、思郷の心を読むとき、この同質性は、読み落としてはならない重要な点であると思います。

第七章　民衆短歌の源流

田島梅子の没後、堺利彦は、梅子の歌稿の中から三十七首を選び出し、「片見の歌」と題して自著『売文集』の中に収めたことは、たびたび述べてきました。堺利彦は若い時から文学に関心をもち、論文・翻訳だけでなく、小説を書いたり、俳句・和歌も作っており、幸徳秋水とは異なる文学的特性をもっていました。短歌の眼力もかなり高かったと思われます。堺は、梅子の歌稿が五、六百首もあったといいますから、「片見の歌」三十七首は、かなりな厳選といわなければなりません。五、六百首もあったという梅子の歌稿は、堺利彦の手許か、岡野辰之介の許にあったと想像されますが、関東大震災や東京大空襲により、おそらく灰燼《かいじん》に帰したに違いありません。これは梅子研究の上で、大きな痛手といわなければなりません。堺利彦が「片見の歌」の短い選評の中で、「一廉《ひとかど》の歌人」として認めていたことについては、前にもふれてきました。梅子の短歌作品を考えるうえでの困難点は、作品の製作年月がまったくわからないことです。

しかし、五、六百首を書きとめた歌稿は、おそらく作歌の時系列になっていただろうと仮定すれば、「片見の歌」もほぼ時系列だろうと考えられます。そんな視点で三十七首を見ると、おおよそ十五首ぐらいが上京以前の秩父の時代、あとの二十二首ぐらいが上京後、つまり結婚後ということになります。のちの議論の便宜のために、通し番号をつけ、つぎに紹介しておきます。

〈秩父の時代〉

①此の思ひ御胸を焼くの火ならずば、我に希望《のぞみ》なし、我に生命《いのち》なし。

②美しき望みをかけて仰ぐ星、恋の息吹《いぶき》にまたゝく今宵。

③世を呪ふ血潮は燃えぬ、漲りぬ、吾れ二十年《はたとせ》の今日此胸に。

④金色の征矢《そや》のいくすじ地に投げて、紅葉の奥に日は落ちんとす。
⑤そゝり立つ秩父の峰に神秘あり、吾れかくめいの御告《みつげ》を聞きぬ。
⑥二人立つ、木の下影の苔の道、真清水わきて蟹よこに這ふ。
⑦此胸を白刃にゑりて紅《あけ》のしぶき、注ぎかけまし恋知らぬ子に。
⑧威《たけ》り狂ふ夏の光の中に立ちて、ほゝゑみかはす白百合、柑子《こうじ》。
⑨たわむれにすねたる宵に似たるかな、君在す空に月ほのめきて。
⑩合歓《ねむ》の花、恋を得し子の若き愁ひ、かろき愁ひに似し花と見ぬ。
⑪垣檜葉を蚊やりにたきて端居する、二人に淡し、夕月の影。
⑫人と共に春を惜みし野の小川、この秋やさし我影うつる。
⑬秋の精、こゝに籠りて世をほこる、公孫樹《いちょう》の大木、秋の日薄し。
⑭秋の雲乱れ乱れて破れ垣に、駒鳥の胸、夕日にはゆる
⑮同じ名を人に唱はるを憂しとする、我にはつらし人のかた恋。

〈上京後、結婚時代〉

⑯かくめいの其一言に恋成りぬ、えにしの糸は真紅のほのお。
⑰紅《あけ》の峰は灰色の雲たゞよふて、麓しぐれぬ、秩父嶺の秋。
⑱断ち得るか、さらば断ちませ、何の力、ゑみ美しき会心の二人。
⑲永劫の名も得ましやな、さはあれど、恋に生きなん乙女よ、我は。
⑳肩やせて秋寒げなる若き人、行くよ月の夜、白露ふみて。
㉑是も猶恋と呼ばんか、昨日今日、情《つれ》なき肉の離合のそれも。
㉒人の世は、恋の二人を入れんには、餘りに小《ちさ》し、餘りに狭し。
㉓冬枯れて野辺に山辺に寂もつを、誇ありけり、我れ緋山茶花。
㉔前髪の乱れかなしむ若き宵の、坐《そぞ》ろ心を恋とや云ふらん。
㉕もゆるてふ人の血潮にふれも見き、此年惜しし、止めなんすべも。
㉖追想の年の逝くなるうらみかな、只二十年の二十年の夢
㉗かくめいの人の血潮の燃ゆるごと、凌霄《のうぜん》の花、夕日にはゆる。

㉘室に咲きし花のゐみやとたゝへますな、吾れ木枯しの野に立つ一人
㉙この血もてこの涙もて掩はなん、世の戦ひにつかれし君を。
㉚呼べど呼べど、只我声のこだまのみ、春よ何処ぞ、もや立ちこむる。
㉛秋をやせし、今年廿歳のまぼろしに、坐《そぞ》ろ夢野の果なつかしむ。
㉜人の文、七日見ぬ夜のひとり寝に、我世の果を坐ろに見たり。
㉝さはあれど若き血潮のみなぎりに、教への鞭のおのゝくを如何に。
㉞若き子に若き生命《いのち》を捨てよとや、斯くて崇《とうと》し、教へなるもの
㉟山恋し、雪にうもれし山恋し、二十年《はたとせ》住みし故郷恋し。
㊱幾萬里、長き尾を引く星となりて、無窮の空を横行せん願ひ。
㊲病床の二月《ふたつき》こゝに歌もなく、青葉がくれに夏の雲見る。

前半部分の作品には、恋への憧れがうかがわれ、後半には、恋を実現した二十歳の昂揚感がくり返し歌われています。しかし、これらの歌群から、これまで述べてきた

ような、梅子の生活の実態を思い浮かべることは困難です。二回にわたる手術についての歌さえ、直接的には歌われていないからです。梅子は歌を自伝的には作っていないから当然です。そこで、内容的な特徴をいくつか拾い出し、それについて考えてみたいと思います。

田島梅子の作歌への関心と表現は、日露戦争をはさむ明治三十年代の後半から明治四十年代の前半頃の数年間の中におさまっているように思います。

この時代の近代短歌史は、雑誌『明星』を中心とした浪漫主義の短歌が、現実主義的な短歌の流れに、取り替わられていく時代でした。子規の写生主義を継ぐアララギ派が台頭し、また、自然主義歌人の前田夕暮や若山牧水が、夕暮・牧水時代の幕を切っていました。さらに、石川啄木、土岐哀果による生活派短歌も注目されていました。これらは、いずれも次代への発展を内在させたものでした。たとえば、大正中期の歌壇におけるアララギ派の覇権の確立や、生活派短歌が、昭和初頭のプロレタリア短歌運動へと形成、発展していく、といったことなどでした。

田島梅子の短歌は、どんな流派にも属していない、独学で築いてきたものなのです。前にも述べましたが、『明星』派の与謝野晶子の作品は愛読したとみえ、前掲作品の③⑩㉕㉞などには、用語とリズムのうえでの影響は、かなりはっきりと見てとれます。しかし、梅子は自分の思いを述べるとき、晶子の浪漫的フレーズやリズムを、自然なかたちとして自分のものとしています。晶子が天上に舞いながら歌っているとすれば、梅子は、土くさい地上に立って歌っている感じです。

田島梅子は、当時の歌壇とは没交渉でしたが、作歌の上で影響を受けたのでは、と想像される一つに、秩父にいた頃、兄泰助の影響によって読んだ月刊、日刊の『平民新聞』紙上の「平民短歌」欄があります。日露戦争をはさむ、この「平民短歌」欄に、歌人として名を馳せたのは、熱烈奔放の明治社会主義運動の一偉材であった山口孤剣でした。のちに「大逆事件」の導火線となった「赤旗事件」は、山口孤剣の出獄記念の集会でした。孤剣の歌を含む、当時の「平民短歌」欄の歌のいくつかを、参考にあげてみます。

①天の星、野べの百合にも平和《やわらぎ》の、色は満てるを、醜《しこ》の戦よ（孤剣）
②戦ひの毒酒に酔へる人の子に、神の怒の鞭よ下り来ね（同）
③夕雲に涙ながるる日は落つる、西三百里そこに母あり（同）
④落日の、沈むを見れば、大聖の、臨終のごとなみだぐましも（同）
⑤ふるさとの山の焔《ほのお》におとらめや我れ革命の血の子にしあれば（狂風）
⑥梅咲かず鶯啼かぬ此の村にソシアリズムを説く男子《おのこ》あり（筑波）
⑦革命の天馬かけるよ夕空に血煙りのごと雲のみだるゝ（寒村）
⑧絵筆折りてゴルキーの手をとらんにはあまりに細き腕《かいな》とわびぬ（幽迷路）
⑨大根つむ車三つ四つ秩父路の山も平野も灰色の霧（孤剣）
⑩星菫《ほしすみれ》うたふ若き子云ふを止めて叫べ正義の革命の歌（逆浪）

①②は週刊『平民新聞』時代の山口孤剣の「戦争を呪ふ」と題した反戦歌七首の中からのものです。また③④は、週刊『平民新聞』のあと『直言』（明治三十七年一月～明治三十八年九月）をはさんで、孤剣が、西川光二郎、堺利彦と共に、明治三十八年十一月二十日に凡人社を起こし、創刊した、社会主義の機関紙『光』に発表したものです。

少し横道にそれますが、のちに西川光二郎は石川啄木と親交を結びますが、山口孤剣は、啄木の詩論「食ふべき詩」（明治四十二年十一月～十二月）の出る四年前に、詩と芸術の大衆化・生活化を目ざした先駆的評論「芸術の神聖を如何」（『直言』十七号）を発表していました。そうした時代における人間の活動や位置関係を考える時、堺利彦と直近の位置にいた田島梅子が、啄木とのつながりをもたなかったことが重ねがさね不思議でさえあります。

話を戻します。前頁の⑤～⑩は、いずれも日刊『平民新聞』の「平民短歌」欄からのものです。「幽迷路」は竹久夢二であり、「寒村」は荒畑寒村です。

いま、田島梅子の「片見の歌」三十七首と、前掲①から⑩までの歌を読み並べると、そこには、共通的な言葉やリズム、そしてイメージの世界が浮かび上がってきます。やはり『明星』的な詠風が色濃く影を落としています。ここでは、いずれもまだ、思想を表明するにふさわしい対象や言葉をつかむことができないでいます。言葉が具体的にならず、観念が先だっている気配があります。それにもかかわらず、それぞれの作者の立ち位置は、きわめて明瞭です。反戦平和と現状変革への強い願望が作品に共通しています。これは、民衆短歌の源流をなすものであるということができます。

このように考えるならば、田島梅子の残した五、六百首全体については、知るよしもありませんが、その中から、堺利彦の選んだ「片見の歌」は、まったく同時代の「平民短歌」欄の潮流の中のものであり、田島梅子は、民衆短歌の源流地点に立った、夭折の歌人であったということができます。

終章

1

小説「靴」は、〈上・中・下〉にまとめられた四百字詰め十五枚ほどの短編です。主人公のお政が、「上総《かずさ》の磯臭い田舎から、此年月夢にのみ見てあこがれて居た東京に、初めて出て来たのは今から半年前であった。」という、おそらく梅子の小説の中では珍しい、印象的な書き出しで始まります。父親はお政が十二歳の時に死に、十五歳の兄新蔵を頭《かしら》に四人の子どもを母親は、「人並に育て上げ度いという一心」で、狂気のように働き、小学校へも通わせました。

「靴」の〈上〉に、小学校を出て、十八歳となったお政が、両国で駅夫をしている兄を頼って上京するところがあります。

「十八と云へば都ならばモウ一廉の娘に成り済ます年頃を、なりにも、ふりにもかまわず、野立った不恰好の身体《からだ》と、愛嬌も無く肥え太った手足と、黒い顔に鈍そうに光った細い眼」をした妹を見て、「若く美しい都会風の妻君」のいる新蔵は、お政を従弟の増田義彦のもとに連れてゆき、お政の仕事が見つかるまで預ってくれと頼みます。人の好い従弟に反し、その妻の君代は、「血色の好く無い神経性の顔付」をしており、お政は、その「神経性の眼でみらるゝ時、何となく身がすくむ様で、気遣《きづかい》でいやだった。」のでした。

　お政は、君代の妹で看護婦をしているお春の世話で、看護婦が二十人ばかりいる、ある病院の、見習看護婦として働くことになります。「其日から長い廊下を三四人の人々と雑巾《ぞうきん》がけをした」りしました。小説「靴」の〈中〉では、三ヵ月ほどもするとお政が見ちがえるほど変わってきたことを描写します。

「手足も黒みがとれて、顔などの色は白くなって、多血性の顔はいつもリンゴの様な頬をして、そして油ぎって、顔にも輝《つや》が出た。シマリの無い口は赤い花を投付けた様に、眼《まなこ》はうるみを持って、そして歩き振り迄も大変《たいへん》しほらしくなって来た。」

やがてお政は、看護婦の「内試験の結果増俸」されることになり、月に四円二十銭もらうことになります。お政はどうしても「靴を穿《は》いて見たかった」ので、思い切って三円五十銭の靴を注文します。一ヵ月二円、次の月は一円五十銭の分割払いです。ところが買ってきた十文半《ともんはん》の靴はお政の足には小さすぎたのです。ある日曜日、靴屋にとりかえにゆく途中で寄った義彦の家での、君代とお春と三人の会話が〈下〉の山場です。君代は、お政が「もう娘だ……而も盛りの……今迄押へられて居たお政の血は機会を得て、其肉付の宜《い》い胸に漲《みなぎ》り渡ったのだ……と思った。」のでした。また、三十近いお春は、お政のように靴を欲しい気分にならないところに、「暮れ行く青春の悲みを覚えた。」のです。

お政の、白い服に靴を穿《は》いた写真が、母親のもとに届きます。母親には、わが娘の「初々しい、白服の立姿が天女の様に見え」ました。小説「靴」の最後は、次の言葉で終わっています。

「お政は二年勉強すると府廳の免状を受けるんだと云って居る。そして早く八月が来れば宜《い》いと思って居る。八月に成ると休暇が十日あるから、それを利用して、白い服を着て、靴を穿いて、母の處へ帰っていかれるから……と毎日休みの来るのを楽しんで居る。」(明治四十四年六月)

小説「靴」は、田舎出の朴訥《ぼくとつ》な少女が、その悪環境を突破して、人間の本質的な青春を輝かせようとしている点で、作者自身の願望も背負った、展望的で明るい作品です。主人公をはじめ、登場人物の性格や心理の描写は鮮やかで、しかも画一的ではないところが、梅子の小説の中で、これまでに見られなかった新生面を開いているといえます。妹を自分のところにおこうとしない利己的な兄新蔵も、看護婦となったお政が日曜などにくると小遣《こづかい》銭をくれたりします。また従兄の妻の君江の「神経性な眼」に出会うと「身がすくむ様」だったお政が、病院の食事が少なくて腹をへらしてやってくると、「そんな遠慮して如何《どう》するんです」と言いながら、色々な物を強いて食べさせるなどの姿です。その意味では、作品世界における人物創造が生きいきとしています。虚構が新しい世界を開いているともいえます。

梅子の小説「靴」は、堺利彦の自著『天下太平』（明治四十五年）の中に収められています。執筆年月の「明治四十四年六月」が作品末に明記されているのは、梅子の作品では珍しいことです。

梅子は、「兄上様」（『衛生新報』六月号）に続き、同誌七月号か八月号への原稿としてこの「靴」を書き、文学の師である堺利彦に、批評を求めて送ったものと思われます。売文社の仕事に追われていた堺利彦が、ついに生前の梅子の期待にこたえられなかったのでしょう。

堺利彦は、「靴」の作品内容からも、作家としての梅子の発展を感じとり、自著『天下太平』に収めたのだと思います。それは、この作品に対する文筆家としての堺利彦の一つの評価であり、批評であるといえます。

『売文集』に、堺利彦が厳選した「片見の歌」三十七首を収め、梅子を「一廉《ひとかど》の歌人」と評価したと同じ心動きが、小説「靴」にもあったと、私には思われます。堺利彦にとって田島梅子は、はじめての文学上の弟子として、将来を期待した「新人」でした。

2

本書でこれまでふれてきた小説作品は、次の七編でした。
「何処へ」（『衛生新報』明治四十三年十月号）
「狂女」（　同　十月号「懸賞小説」）
「煙の行衛」（『衛生新報』明治四十四年一月号）
「路傍の人」（　同　三月号）
「若き妻より夫へ」（　同　三月号）
「兄上様へ」（　同　六月号）
「靴」（明治四十四年六月執筆。堺利彦著『天下太平』に収録・明治四十五年刊）
田島梅子の絶筆となった、第八作「親ごゝろ」は、梅子の没後、『衛生新報』十月号に発表されたものです。この作品の執筆時期は、おそらく死の前月の、明治四十四年八月下旬から、死の直前頃と推定されます。もし八月上・中旬頃に書かれたのであれば、『衛生新報』の九月号に掲載可能だったかも知れないからです。いずれにせよ、この作品は、梅子の死の床で書かれたであろうことは明らかです。梅子の死の年の夏、夫岡野辰之介が、秩父の田島泰助宛に送った手紙の中で「毎日看病と飯焼《ママ》まで忙しい。奥様が気六ツかしいので、台所で泣くこともあるよ」（明治四十四年七月七日付）といっているのは、この年の七月、八月の梅子の状態を深く推測させます。それにもかかわらず、梅子の絶筆「親ごゝろ」の作品世界は、落着いており、その語り口は口語そのもので、静謐《せいひつ》でさえあります。それは生身の人間が獲得した、作家の心、表現者の心だったと思います。

「私は此の春から、少し身体《からだ》を悪るくしまして、此の頃の酷烈《ひど》い残暑に、喧囂《かしま》しい蟬の声に悩まされながら、雑司ガ谷の森の中で、病褥に薬餌と親しんで居るのでございます。」

敬愛する目上の人、例えば師である堺利彦にでも語りかけているようです。「私」は、故郷の両親に心配をかけまいとして、あたかも健康で暮らしているようにいいつくろっているのを心配した夫が、実状をひそかに「私」の両親に知らせたのでした。両親はもちろん、母親はとくに、わが子の安否を気にかけ、鎮守の社に、病気平癒の願かけをして日参していることを聞かされます。夫は、遠く離れている故の心配もあるから、むしろ「呼んで看護をして貰ふ方が、母親の心を安めるだろう」というので、そのように故郷に申し送ったというあたりまでが、ほぼ「親ごゝろ」の前半部分です。

「私」の看護のために、上京してくる母親がどんなに苦労して出かけたかを語る「親ごゝろ」の後段のために、「私の郷里《くに》」のことがリアルに語られます。

「私の郷里《くに》は……秩父の山奥、末は隅田川となる荒川の源の方なので、交通機関と申しますは、碧譚奔流《へきたんほんりゅう》に臨んで居る山の中腹を、辛うじてガタ馬車の通ずるばかり」

そうした山の中から、母親は、勤めの「私」の兄を休ませて道案内させ、上京してきたのでした。驚いたことに、母が土産にもってきたのは、茄子《なす》、唐黍《とうきび》、胡瓜《きうり》、小豆などでした。「私」が「お母さん、東京も、野菜なんか幾らでもありますよ」と言うと、母親は、「郷里《くに》で出来たのを、食べたら早く快《こころよ》くならうと思って……」というわけです。「私」に食べさせたいばかりに、兄と二人で六里の山道を歩いて汽車に乗ってきたことを思い、「私は勿体なさに泣かずには居られませんでした。」

小説「親ごゝろ」は、最後の段落で、「私」の食事が進まぬことを心配した母親が、夫に連れられていった縁日で、お菓子やら果物やらを「夥《おびただ》しく買って来て、此の中には何《ど》れか食べられるものがあるだろうと申すのでございます」と書いたそのあとを、「親ごゝろ」は次のように書いて終わっています。

「其中に紙切《かみきれ》でこしらひた提灯《ママ》の形をした玩具が一つございました。それを母は私の枕辺に吊《つる》して呉れましたので、私は、マア宣《い》いんですことゝいった切りでした。」

この最後の「マア宣いんですことゝいった切りでした」には、万感がこもり、言葉の余韻が長く残ります。短編小説は、最後を短い言葉でどうしめくくるかは、きわめて重要な問題ですが、「親ごゝろ」を二重、三重に重ね、さり気ない語り口の中で、言葉の深い意味を生み出しており、梅子の到達した最後の作品として、私は見事だと思います。

絶作「親ごゝろ」を掲載した雑誌『衛生新報』十月号（口絵参照）は、その一隅で、次のような訃報を記して梅子の死を悼みました。

▲─田島梅子女史　訃─　屡々小説を寄せて本誌を飾られたる田島梅子女史は腸結核にて久しく病褥に在りしが、去月五日逝去せられたり、女史は武蔵秩父の産、十六小学校准教員免状を得、十八正教員となり、埼玉縣未曽有の若年なる有資格者として当局も驚けりといふ、四十二年上京　未来の閨秀作家を以て任じたりしが、可惜《おしむべし》不帰の客となれり、行年二十三」（年齢は数え年・引用者）

3

田島梅子の、自主的で強い意志力と、現状改革への熱い志は、深く郷土に根ざしたものでした。幕末から、明治十七年（一八八四年）の「秩父事件」までの、秩父山間の農民の、苦しみや父祖の苦難を、梅子はその血の中に受け継いで、生まれました。梅子の短い二十二年の生涯を貫いた、愛と革命への希求と、郷土や家族へ寄せた強く人間的な感情は、深いところで結びついたものでした。それは一言でいえば、人間の、真実に生きようとする意志を、阻み、抑圧しようとするもの、とのたたかいであったといえます。

梅子は、少女時代から外の世界に目を開いてきましたが、そこに存在した、人間の真情をおさえるものに対しては、強い抵抗感をもちました。梅子はそうしたものからの解放をめざすことを志したのでした。梅子の恋の感情は、古い土俗への抵抗感だけではなく、己れの感情への誠実さを証しだてるものであったように思います。

十五歳で教師となり、自立した職業をもった女性として出発した意味は、きわめて重要です。それは、働く女性として獲得した社会性というものであり、やがて梅子の社会主義への道を迷いなく進めさせる条件となったものだからです。

これは、まぎれもなく、梅子の血の中の、歴史をうけつぐ生来のものと、基盤を同じくするものでした。このことを抜きにして、ありきたりの言葉や観念で、梅子の恋も愛も、そして望郷も語ることはできないでしょう。

田島梅子の短い生涯の最晩年は、「大逆事件」をはさみ、「冬の時代」の直下のような情況でした。

とりわけ、梅子にとっての「大逆事件」は、観念上のことがらではなく、具体的で切実な事実として、衝撃を与えたものでした。堺利彦の側近ともいうべき、夫の岡野辰之介と一緒の活動を通じて知り合った、若い青年たちが死刑囚となりました。「大逆事件」は生身を刻むような実感であったことは、すでに、こまかに見てきたところです。

梅子の、晩年の三年間は、脊髄カリエスの手術を二回も行うなど、生来の病弱な身体のうえに健康状態はきわめて悪化していました。しかし、そうした状況下で書いた梅子のどの作品も、明るさをもっていました。また、その短歌作品には、昂然とした梅子の内面の姿が刻まれていました。梅子の執筆活動は壮絶ともいえるものでした。それは、夫の岡野辰之介が、梅子の兄泰助に宛てた手紙の中で、「奥様が気六ツかしいので、台所の隅で泣くこともあるよ」（明治四十四年七月七日）と書き、また、梅子没後の手紙で、「思えば梅子と一緒になって三年の間の夏は悉く憂慮苦心、悲愁の夏であった」（明治四十四年七月十六日）といっている言葉にも、その状況を十分にうかがうことができます。相思相愛の若い妻の梅子が、必死で将来をめざし、やがては壮大な未来への精神を含んだ作品を書こうとして、死力をつくしている姿を、夫辰之介が、どんなに感動しながら見ていたかは、さきの手紙の背後に感じられます。

日本の近代短歌史は、これまで、夭折の社会主義歌人田島梅子について、一顧だにもしてきませんでした。そのことは、歌人の生き方や作品を、体制の枠内だけでとらえ、時代と深く係らせてとらえる、という点での弱さを示したものといえます。歴史の表面に浮いたところだけ掬《すく》い上げるようなものでなく、梅子のように、非人間的な国家権力の監視と弾圧下におかれ、社会の最底辺におし込められたような、明治社会主義歌人の掘り起こしは、今後の重要な課題です。

こうした意味においても、「冬の時代」の直下で、社会主義運動の再建の方向を模索したリーダーの堺利彦の膝下《しっか》にあって、その文学上の愛弟子とし、また大成の期待をかけられた田島梅子の夭折は、惜しまれてなりません。病躯に鞭打ち、表現の道を一途につき進んだ二十二歳の生涯が放つ光芒は、決して忘れてはならないでしょう。

田島梅子の残した作品――小説と短歌――は、決して多いものではありません。しかし、これらの作品創造のたたかいが、「冬の時代」に多くの表現者が背を低めて打ち伏していた時、田島梅子は、その風圧の直下で、病身を支えながら、明るく、毅然としてたたかい、かつ書き、また歌ったのでした。

その晩年の創造活動は、まさに「冬の時代」の一条の光芒でした。田島梅子の時代に対するその身の立て方は、今日、私たちにとって、あらためて学び直さなくてはならないでしょう。

主要参考文献

『歴史評論』（一九五四年五月号）
『田島梅子を偲ぶ—田島梅子没後80年記念集会・記念誌—』（一九九〇年十月二十八日・秩父文化の会）
『文芸秩父—田島梅子没後80周年記念集会特集—』73号（一九九一年冬期号・秩父文化の会）
『衛生新報』（明治四十四年・国会図書館蔵）
『週刊・平民新聞』（復刻版・明治文献資料刊行会）
『日刊・平民新聞』（右　同）
『熊本評論』（右　同）
『世界婦人』（右　同）

主要参考文献

『革命伝説』全四巻（神崎清・芳賀書店・一九六八年九月〜一九六九年十二月）
『社会主義者沿革』（上・中・下）（絲屋寿雄蔵・近代日本史料研究会刊、謄写版印刷）
『正・続・特別要視察人状勢一斑』（右　同　）
『堺利彦全集』全六巻（一九七一年一月〜六月・法律文化社）
『パンとペン―社会主義者・堺利彦と「売文社」の闘い―』（黒岩比佐子・講談社・二〇一〇年十月）
『麻生町史』（麻生町史編纂委員会・二〇〇二年二月）
『歴史紀行　秩父事件』（中澤市朗・新日本出版社・一九九一年十月）
『石川啄木全集』全七巻（筑摩書房・一九七八年〜一九八〇年）
『荊逆星霜史』（吉川守圀・青木文庫・一九五七年八月）
『日本社会主義運動思想史』（絲屋寿雄・法政大学出版局・一九七九年六月）

あとがき

田島梅子について、ようやく不十分ながら、私なりの一本をまとめることができました。序章にも書きましたように、田島一彦氏から田島梅子についての研究を求められてから、すでに四半世紀以上がたちます。いま考えれば、歴史家の中澤市朗氏や、田島一彦氏が生存されていた時に、私なりの田島梅子研究がスタートできていれば、本書よりはるかに充実したものができたであろうに、と後悔がしきりです。

長い間、心の底に沈んでいたような田島梅子について、具体的に取り組みはじめて、三年がたちました。決定的ともいえる、直接的な資料不足に悩みながら、私は梅子の夫の岡野辰之介を知ることから始めました。そこからほぐれ出した田島梅子の新たな姿がいくつもあったことは、すでに本書の中で書いてきた通りです。これは、私の田島一彦氏への、ささやかな贈りものとなりました。

本書を書きながら、石川啄木と田島梅子が、明治社会主義運動の人びとを介して、意外に接近した位置にいたことの発見は、私にとっても新鮮なものでした。

田島梅子の姪の歌人乾千枝子さんには、大事な資料をいくつも貸していただきました。心からお礼を申し上げます。そしてなにより、「秩父事件」のみならず、田島梅子研究についても、先駆的な業績を残された、歴史家の中澤市朗氏、それに、父泰助に続き、田島梅子の研究と顕彰に力を傾けられた田島一彦氏のお二人に、謹んでこの書を捧げたいと思います。

公私ともに、いろいろお力添えをいただいた方がたにも、心からお礼を申し上げる次第です。

二〇一六年八月六日

我孫子にて

雒田のぼる

碓田のぼる（うすだ　のぼる）

1928年、長野県に生まれる。
現在、新日本歌人協会全国幹事。民主主義文学会会員。日本文芸家協会会員。国際啄木学会会員。
主な歌集『夜明けまえ』『列の中』『花どき』（第10回多喜二・百合子賞受賞）（長谷川書房）『世紀の旗』『激動期』（青磁社）『日本の党』（萌文社）『展望』（あゆみ出版）『母のうた』『状況のうた』『指呼の世紀』（飯塚書店）『花昏からず』（長谷川書房）『風の輝き』『信濃』『星の陣』『桜花断章』『妻のうた』『歴史』（光陽出版社）
主な著書『私学の歴史』（新日本出版社）『国民のための私学づくり』（民衆社）『よみがえる学園』『教師集団創造』『現代教育運動の課題』（旬報社）『現代の短歌』（新日本出版社）『石川啄木』（東邦出版社）『「明星」における進歩の思想』『手錠あり―評伝 渡辺順三』（青磁社）『啄木の歌―その生と死』（洋々社）『石川啄木と「大逆事件」』（新日本出版社）『ふたりの啄木』（旬報社）『石川啄木―光を追う旅』『夕ちどり―忘れられた美貌の歌人・石上露子』（ルック）『石川啄木の新世界』『坂道のアルト』『石川啄木と石上露子―その同時代性と位相』（光陽出版社）『時代を撃つ』『占領軍検閲と戦後短歌』（かもがわ出版）『歌を愛するすべての人へ―短歌創作教室』（飯塚書店）『石川啄木―その社会主義への道』『渡辺順三研究』『遥かなる信濃』（かもがわ出版）『かく歌い来て―「露草」の時代』『石川啄木―風景と言葉』『一途の道―渡辺順三　歌と人生　戦前編・戦後編』『渡辺順三の評論活動―その一考察』『書簡つれづれ―回想の歌人たち』（光陽出版社）

「冬の時代」の光芒　**夭折の社会主義歌人・田島梅子**

2016年12月20日

著　者　碓田のぼる
発行者　明石康徳
発行所　光陽出版社
〒162-0818　東京都新宿区築地町8番地
電話　03-3268-7899　Fax　03-3235-0710
印刷所　株式会社光陽メディア

ISBN 978-4-87662-602-1 C0095